金色童书坊

JIN SE TONG SHU FANG

安全故事

中国孩子喜爱的经典故事

姜小妹◎主编　豆豆鱼工作室◎绘

机械工业出版社
CHINA MACHINE PRESS

让温馨故事住进宝贝们的童年记忆

宝贝们从咿呀学语的小小孩童成长为朝气蓬勃的少年，期间要经历很多磨砺，而每一个成长瞬间又会深刻地影响着他们的未来。

因此，在弥足珍贵的成长阶段，宝贝们需要接受各个层面的知识，一抹色彩、一缕阳光、一本书、一句话，又或者是某种味道、某个声音，都会带给他们意想不到的惊喜。看着那一双双单纯澄澈而又好奇渴望的眼睛，父母们总是希望能给予宝贝们适宜的、有价值的知识读物，并希冀宝贝们从中收获成长的智慧。

故事书无疑是宝贝们喜爱而又内涵丰富的读

物，用于幼儿伴读是再合适不过的了。本套故事书正是遵循幼儿成长的阅读需求，将安全常识、小智慧、小道理、好性格、好习惯、中国传统文化等融入到一个个有趣的小故事里，配上精美时尚的彩色图片，可谓图文并茂、妙趣横生，相信宝贝们一定喜欢。父母们也可以将这套书作为亲子读物，茶余饭后把一篇篇美妙动听的小故事送到宝贝们的记忆中，告诉宝贝们遇到坏人怎么办，在校园里如何和同学们相处，如何正确对待自己的坏情绪，以及如何养成良好的生活习惯等。此外，全书加注的汉语拼音，可以让大一点的宝贝们独立阅读，宝贝们边读故事边自测拼音能力，会有满满的成就感。

愿每一篇故事，住进宝贝们童年美好的记忆中；愿每一个宝贝，在故事中收获满满的成长！

目 录

让温馨故事住进
宝贝们的童年记忆

小熊的新娘

xiǎo xióng de xīn niáng

从前，有个漂亮的小姑娘和妈妈住在一座鲜花环绕的房子里，她们种了许多果树和青菜。一天，有只小熊闻着香味，悄悄来到院子里偷吃水果。小姑娘看到了，站在窗边喊道："小熊，不许偷吃我家的水果！"

小熊吃得正开心，听到声音吓了一跳，抬头一看，惊叹道："哇，好漂亮的小姑娘！"它装出一副彬彬有礼的样子，道歉说："对不起，漂亮的小姑娘，我不会再偷吃了。"

第二天，小熊带了很多棒棒糖和巧克力，见小姑娘的妈妈走了，就来到窗前，轻轻喊道："小姑娘，小姑娘，我给你带了很多糖果，表达我昨天偷吃水果的歉意。"

小姑娘打开窗户，对小熊说：

"谢谢你，可是我不能要，妈妈说不能吃陌生人的东西。"

小熊微笑着说："我哪里是陌生人啊，我们昨天就认识了，对吧？你看这些糖果，我带了好多呢！"

小姑娘想了想说："对啊，我们昨天认识的，那就不是陌生人，是朋友吧？"

小熊连忙点头说："对呀，对呀，我们是朋友。你妈妈肯定说过：朋友之间要分享，对吧？"

小姑娘点点头说："对！朋友之间要分享玩具，分享食物！"

小熊递给小姑娘一块巧克力，说："这是你的朋友分享给你的，吃吧！"

小姑娘接过巧克力，开开心心地吃起来。

小熊心里得意极了，说："小姑娘，我带你去我家玩好不好？我家有很多好玩的、好吃的东西。"

小姑娘皱着眉头说："妈妈不让我出门乱跑。"

"你是去朋友家玩，哪里是乱跑！"小熊说道。

"对呀，我是去朋友家里玩！"

于是，小姑娘兴高采烈地跟着小熊走了。

小熊家在一个大树洞里，小姑娘刚走进树洞，小熊就把门关得死死的，说："我要你做我的新娘，我们马上就举行婚礼！你现在开始准备晚宴，我去邀请朋友们来参加我们的婚礼。"

"不，我要回家，我才不做你的新娘！"小姑娘大哭起来。

"从今以后你再也不准回家，你是我的妻子，这里就是你的家！"小熊恶狠狠地说。

小熊把门锁好，出去邀请朋友们。小姑娘虽然很害怕，但不再哭泣，四处寻找能脱身的办法。突然，她发现头顶有一处亮光，原来是窗户，可是窗户实在太高了！

小姑娘搬来所有能垫高的东西，踩着从窗户爬了出去，飞快地跑回家。从那以后，她再也不敢随便吃别人的东西、跟别人出门了。

安全启示

不能随便相信陌生人，更不能吃陌生人的东西，没有经过爸爸妈妈的同意，千万不要跟陌生人出门。

受骗的小猴子
shòu piàn de xiǎo hóu zi

yǒu yì tiān　　xiǎo hóu zi zài shù shàng wán　　yì zhī shān yáng zǒu guò lái
有一天，小猴子在树上玩，一只山羊走过来，

xiào mī mī de wèn tā shuō　　xiǎo hóu zi　　wǒ gēn nǐ yì qǐ wán ya
笑眯眯地问它说："小猴子，我跟你一起玩呀？"

xiǎo hóu zi zhèng xián zì jǐ wán méi yì si ne　　wán quán wàng jì le mā ma
小猴子正嫌自己玩没意思呢，完全忘记了妈妈

zhǔ fù tā qiān wàn bù néng dào dì miàn shàng wán　　yú shì tā cóng shù shàng tiào xià
嘱咐它千万不能到地面上玩。于是它从树上跳下

lái　kāi xīn de shuō　　hǎo a　　hǎo a　　wǒ men yì qǐ wán ba
来，开心地说："好啊，好啊，我们一起玩吧！"

tā men wán le yí huì er　　shān yáng ná chū yí kuài táng sāi jìn zuǐ
它们玩了一会儿，山羊拿出一块糖塞进嘴

lǐ　　yì biān chī yì biān shuō　　zhēn tián　　wǒ cóng lái méi chī guo zhè me
里，一边吃一边说："真甜，我从来没吃过这么

hǎo chī de táng
好吃的糖！"

xiǎo hóu zi yì tīng　　chán de zhí
小猴子一听，馋得直

liú kǒu shuǐ　　shān yáng yòu ná chū yí kuài
流口水。山羊又拿出一块

táng　　sòng gěi xiǎo hóu zi
糖，送给小猴子。

xiè xie shān yáng gē
"谢谢山羊哥

ge　　xiǎo hóu zi jiē guò
哥。"小猴子接过

táng　　pò bù jí dài de chī
糖，迫不及待地吃

起来。山羊得意地笑了。

过了一会儿，小猴子忽然觉得自己晕乎乎的，扑通一下倒在地上。等它醒来的时候，发现自己正被大灰狼扛着走，吓得连忙大喊："妈妈，妈妈，快救救我！"

大灰狼奸笑着说："别喊了！你妈妈是听不到的。今天我终于能尝到猴子的美味了，哈哈哈……"

小猴子大喊："山羊哥哥——"

"山羊哥哥？那是我伪装的！我还在你吃的糖里放了迷药，要不怎么可能捉住你！等到了我家，我就把你煮了吃！"

这下小猴子全明白了。它非常后悔没有听妈妈的话，从树上跳下来使自己陷入危险中，可是现在后悔也没有用了。

安 全 启 示

要记住爸爸妈妈的话，不能擅自去危险的地方玩；更不能随便吃陌生人给的食物，因为坏蛋会在糖果、饮料等食物中加入迷药等危险品，之后趁机干坏事。

巫婆的面包屋

星期天早上，爸爸妈妈要去公司加班，嘱咐双胞胎兄妹说："你们要乖乖在家看书、写作业，千万不要出门乱跑，谁敲门都不要开，有事给爸爸妈妈打电话。"

"好啦好啦，我们记住啦！"兄妹俩异口同声地说。

写完作业以后，兄妹俩吃了一些零食，玩了一会儿电脑游戏，突然觉得很无聊。哥哥说："我听同学说，咱家附近的树林里有很多神秘的东西，我们去探险怎么样？"

妹妹说道："要是爸爸妈妈知道了怎么办？"

"我们去玩一会儿就回来，爸爸妈妈不会知道的！"哥哥说。

于是，他们两个冲出家门，向树林里跑去。在树林里，他们一会儿追追小鸟，一会儿追追蝴蝶，跑着跑着竟然迷路了，来到一座面包做成的房子前。

"哥哥，我们是不是在做梦？怎么会有面包做成的房子呢？"妹妹揉揉眼睛说。

"管它呢，我正好饿了！"说完，哥哥走过去，掰下一块面包吃了起来。

突然，出现一个非常恐怖的声音："你们竟然敢偷吃老巫婆的面包，真是送上门的美食和劳力啊，哈哈哈……"

13

转眼间，兄妹俩就被关进面包屋里的一间铁牢房内。每天早晨，老巫婆都会把妹妹放出来做女仆，她必须干完所有的家务活才能睡觉；同时，老巫婆给哥哥很多好吃的，要把他养胖了吃掉。

妹妹担心哥哥被吃掉，偷了铁牢里的一根细木棍交给哥哥。老巫婆每隔一星期，就命令哥哥伸出胳膊，摸摸他是不是长胖了，因为她的眼睛几乎看不清东西，只能靠手摸。哥哥每次都将细木棍伸出去，老巫婆以为哥哥越长越瘦，非常恼火。

终于有一天，老巫婆等得不耐烦了，决定立刻把哥哥吃掉。她让妹妹挑水烧柴，妹妹假装照办，等炉火烧旺的时候，

妹妹问："您看看火烧得这么旺可以吗？"

老巫婆说："不

xíng bù xíng
行！不行！"

wǒ jué de lú huǒ shāo de hěn wàng ya bú xìn nín
"我觉得炉火烧得很旺呀，不信您
guò qù kàn kan mèi mei shuō
过去看看！"妹妹说。

lǎo wū pó zuì bù xiǎng ràng bié rén zhī dào tā yǎn jing bù hǎo yú shì zhuāng mú zuò yàng
老巫婆最不想让别人知道她眼睛不好，于是装模作样
de zǒu guò qù kàn dāng lǎo wū pó bǎ tóu shēn dào huǒ lú mén kǒu shí mèi mei chèn jī shǐ jìn
地走过去看。当老巫婆把头伸到火炉门口时，妹妹趁机使劲
tī le yí xià tā de pì gu jiāng tā tī dào le huǒ lú lǐ rán hòu jiù chū gē ge táo
踢了一下她的屁股，将她踢到了火炉里，然后救出哥哥，逃
chū le miàn bāo wū
出了面包屋。

xiōng mèi liǎ bù zhī dào huí jiā de lù zài nǎ lǐ jiù yán zhe shù lín lǐ de xiǎo
兄妹俩不知道回家的路在哪里，就沿着树林里的小
hé zǒu zhōng yú zǒu chū shù lín huí dào jiǔ bié de jiā lǐ yí jìn jiā mén tā
河走，终于走出树林，回到久别的家里。一进家门，他
men jǐn jǐn lǒu zhù bà ba mā ma kū zhe shuō wǒ men zài yě bù suí biàn
们紧紧搂住爸爸妈妈，哭着说："我们再也不随便
chū mén luàn pǎo le
出门乱跑了！"

 安 全 启 示

　　树林、河边是容易迷路和发生意
外的地方，没有大人的陪伴，小孩子
不能去那里玩耍，以免遭遇危险。

15

三只小兔

兔妈妈要去采蘑菇，临走前对三只兔宝宝说："你们在家要关好门，不要随便开门，妈妈回来了才能开门，记住了吗？"

长耳朵兔、红眼睛兔、短尾巴兔异口同声地回答："记住了！"

兔妈妈刚走远，潜伏在一旁的大灰狼来敲门。兔宝宝们问："是谁在敲门？"

大灰狼捏着嗓子回答说："我是修理水表的叔叔，你家的水表坏了。"

长耳朵兔要去开门，红眼睛兔和短尾巴兔拉住它说："不能开，只有妈妈回来了才能开门！"于是它们一起喊道："等妈妈回来了，你再来修水表吧！"

大灰狼见此计不成，过了一会儿，又敲门说："我是修理电表的叔叔，你家的电表坏了！"

短尾巴兔要去开门，红眼睛兔和长耳朵兔拉住它说："不能开，只有妈妈回来了才能开门！"于是它们一起喊道："等妈妈回来了，你再来修电表吧！"

又过了一会儿，大灰狼又来敲门，说："我是送快递的叔叔，有你家的快递，快点开门收一下。"

红眼睛兔要去开门，长耳朵兔和短尾巴兔拉住它说："不能开，只有妈妈回来了才能开门！"于是它们一起喊道："等妈妈回来了，你再来送快递吧！"

大灰狼不死心地说："你们只要把门打开一道缝，让我把快递塞进去就行。"

长耳朵兔说："妈妈说不要随

17

biàn kāi mén dàn yě méi shuō bù gěi kuài
便开门，但也没说不给快

dì shū shu kāi mén ya
递叔叔开门呀！"

hóng yǎn jing tù shuō mā ma shuō
红眼睛兔说："妈妈说

zhǐ yǒu tā huí lái le cái néng kāi mén
只有它回来了才能开门！"

yú shì sān zhī xiǎo tù zhēng lùn bù xiū dà huī
于是，三只小兔争论不休。大灰

láng qiāo mén shuō zhè kuài dì shì mā ma gěi nǐ
狼敲门说："这快递是妈妈给你

men mǎi de hú luó bo bīng jī líng rú guǒ bù gǎn jǐn fàng dào
们买的胡萝卜冰激凌，如果不赶紧放到

bīngxiāng lǐ kǒng pà huì huà diào de
冰箱里，恐怕会化掉的！"

shì zán men zuì xǐ huan chī de hú luó bo bīng
"是咱们最喜欢吃的胡萝卜冰

jī líng ne huà diào le zěn me bàn yú shì cháng ěr duo
激凌呢！化掉了怎么办？"于是，长耳朵

tù hóng yǎn jing tù duǎn wěi ba tù zhēng xiān kǒng hòu de qù kāi
兔、红眼睛兔、短尾巴兔争先恐后地去开

mén dǎ kāi mén yí kàn nǎ lǐ yǒu kuài
门。打开门一看，哪里有快

dì yuán lái shì jiǎo huá de dà huī láng
递，原来是狡猾的大灰狼！

sān zhī xiǎo tù xià de sì chù táo cuàn cháng
三只小兔吓得四处逃窜，长

ěr duo tù pǎo dào chú fáng lǐ hóng yǎn jing tù pǎo dào
耳朵兔跑到厨房里，红眼睛兔跑到

wèi shēng jiān lǐ duǎn wěi ba tù pǎo dào chuáng dǐ
卫生间里，短尾巴兔跑到床底

下。大灰狼得意扬扬地说："我喊三个数，你们乖乖出来，怎么都是被我吃掉，不如主动点！听好了，一，二——"

还没等大灰狼喊出"三"，兔妈妈回来了，它拿起木棍朝大灰狼打去。大灰狼被打得扑通一声瘫倒在地，晕了过去。

兔妈妈赶紧打了森林110报警，很快，大象警察过来抓走了大灰狼。长耳朵兔、短尾巴兔、红眼睛兔跑出来围着妈妈，七嘴八舌地说着事情的经过。

兔妈妈叹了一口气说："都是馋嘴惹的祸！以后记住，除了妈妈，无论是谁敲门都不要开门！"

安 全 启 示

独自在家的时候，千万不要给陌生人开门，无论对方有什么理由，都不能开门。如果对方赖着不走，要赶紧给爸爸妈妈打电话，或者打110报警。

19

陌生的奶奶
mò shēng de nǎi nai

xīng qī tiān，zhǐ yǒu bīn bin hé bà ba zài jiā。chī guò wǔ fàn hòu，bīn bin bù kěn shuì

星期天，只有彬彬和爸爸在家。吃过午饭后，彬彬不肯睡

jiào，fēi yào chī jiē kǒu nà jiā lěng yǐn diàn de bīng jī líng，bà ba zhǐ hǎo chū mén gěi tā mǎi

觉，非要吃街口那家冷饮店的冰激凌，爸爸只好出门给他买。

bīn bin zài jiā děng bu jí，yú shì gān cuì pǎo dào lóu xià de xiǎo guǎng chǎng wán huá tī

彬彬在家等不及，于是干脆跑到楼下的小广场玩滑梯，

biān wán biān děng bà ba mǎi bīng jī líng huí lái

边玩边等爸爸买冰激凌回来。

zhè shí，yí wèi cí méi shàn mù de nǎi nai zǒu guò lái，wèn bīn bin shuō："xiǎo péng

这时，一位慈眉善目的奶奶走过来，问彬彬说："小朋

yǒu，nǐ zhù zài zhè ge xiǎo qū ma？"bīn bin diǎn dian tóu。

友，你住在这个小区吗？"彬彬点点头。

nǎi nai yòu wèn："nǐ jiào shén me míng zi？"

奶奶又问："你叫什么名字？"

wǒ jiào lǐ yǔ bīn，xiǎo míng jiào bīn bin。"bīn bin yǒu lǐ mào de huí dá dào。

"我叫李宇彬，小名叫彬彬。"彬彬有礼貌地回答道。

“真乖，一看你就是个听话的好孩子。你怎么自己在这里玩，你的爸爸妈妈呢？”奶奶接着问。

“妈妈在加班，爸爸到街口给我买冰激凌，一会儿就回来。”彬彬接着回答。

“哎呀，我想起来了，你爸爸就是那个李……李……李什么来着？看我这个记性，人老了，记性不好了！”奶奶说道。

“李强！我爸爸叫李强！奶奶您认识我爸爸吗？”彬彬说道。

“对，李强，就是李强！我当然认识你爸爸了，我就是来找他的！你能带奶奶去找他吗？奶奶有急事。”奶奶焦急地问。

“好啊，我带您去！”彬彬从滑梯上下来，在前面带路。

“奶奶这事太着急，你走得慢，

21

来，奶奶抱着你，这样我们能走得快一点！"说完，奶奶一把抱起彬彬，跑了起来。

出了小区门口，彬彬突然觉得有些不对劲，问道："奶奶，冰激凌店在那边，您怎么往这边走？"

"什么冰激凌店，不是要去奶奶家吗？我们往这边走才对！"奶奶抱着彬彬，自顾自地跑着。

彬彬急得大喊起来："你是谁？我要找我爸爸！我要找我爸爸！"

路边有人听到喊声，过来问奶奶："你是这孩子的什么人，要带孩子去哪里？"

"我来儿子家接孙子。这孩子啊，闹脾气呢，说什么也不肯走，可是他爸妈上班忙，家里又没有人照看。"说着，她又假模假样地哄着彬彬说："彬彬，乖，晚上奶奶给你做红烧鸡翅！"

彬彬大喊道："您说谎！您根本不认识我爸爸！"

"这孩子，你爸爸不就是李强吗，奶奶怎么会不认识自己的儿子！"

围观的人都笑了，有人还拍拍彬彬的头说："好好听奶奶的话，别闹了！"

彬彬急得大哭起来。这时，人群中出现一个熟悉的声音："彬彬！别害怕，爸爸来了！"

那个奶奶一听，放下彬彬就想逃，结果被大家抓住送到了派出所，经过审问才知道，她是专门拐骗小孩子的坏人。

安全启示

　　不要告诉陌生人自己的个人信息。如果陌生人问路，并要求你带路，可以让对方求助附近的大人。如果对方纠缠不休，可以大声呼喊引起路人注意，并跑向人多的地方求助。

xiǎo gū niang zì jǐ zài jiā　　tū rán yǒu rén lái qiāo mén　　shuō shì chá shuǐ biǎo de　　 xià
小姑娘自己在家，突然有人来敲门，说是查水表的，下

miàn nǎ zhǒng zuò fǎ shì zhèng què de
面哪种做法是正确的？

☐ gěi mò shēng rén kāi mén
给陌生人开门。

☐ zǐ xì xún wèn qīng chu zài jué
　　仔细询问清楚再决
dìng shì fǒu kāi mén
定是否开门。

☐ bù lǐ huì　　jiǎ zhuāng jiā lǐ méi rén
不理会，假装家里没人。

☐ gěi bà ba mā ma dǎ diàn huà
给爸爸妈妈打电话。

哥哥和妹妹发现一座面包做的房子，哥哥掰下一块面包

chī le   xià miàn sì fú tú zhōng   nǎ yì fú hé gē ge shǒu lǐ de miàn bāo yí yàng
吃了，下面四幅图中，哪一幅和哥哥手里的面包一样？

受到威胁的小松鼠

森林里有一只专门干坏事的狗熊，整天好吃懒做，欺负小动物。有一天，小松鼠在寻找食物，不小心撞到了狗熊。狗熊一把抓住小松鼠，恶狠狠地说："我要一口吞了你！"

小松鼠吓坏了，哭着说："求求你放了我吧，我要回家找妈妈。"

狗熊眼珠一转，心想："正愁怎么弄到松子呢，这回有办法了！"于是，它稍一用力，便将小松鼠捏得直告饶。

"只要你肯乖乖听我的话，我就放你回家找

26

mā ma
妈妈！"

xiǎo sōng shǔ lián máng shuō　wǒ yí
小松鼠连忙说："我一

dìng tīng nǐ de huà
定听你的话！"

gǒu xióng ná chū yí
狗熊拿出一

gè dài zi shuō　zhǐ
个袋子说："只

yào nǐ měi tiān gěi wǒ zhāi
要你每天给我摘

yí dài sōng zǐ　wǒ jiù ráo
一袋松子，我就饶

le nǐ
了你。"

xiǎo sōng shǔ kàn zhe dài zi　wéi nán de shuō　dài zi nà me dà　wǒ……wǒ
小松鼠看着袋子，为难地说："袋子那么大，我……我

zhāi bù liǎo nà me duō a
摘不了那么多啊！"

nán dào nǐ xiǎng bèi wǒ chī diào ma　gǒu xióng zhāng kāi dà zuǐ　zuò shì yào yǎo
"难道你想被我吃掉吗？"狗熊张开大嘴，作势要咬

xiǎo sōng shǔ
小松鼠。

xiǎo sōng shǔ xià de dǎ le yí gè duō suo　gǎn jǐn jiē guò dài zi shuō　hǎo de
小松鼠吓得打了一个哆嗦，赶紧接过袋子说："好的，

hǎo de　wǒ yí dìng měi tiān zhāi yí dài sōng zǐ gěi nǐ
好的，我一定每天摘一袋松子给你。"

bù xǔ jiāng gěi wǒ zhāi sōng zǐ de shì qing gào su qí tā dòng wù　yóu qí shì nǐ de
"不许将给我摘松子的事情告诉其他动物，尤其是你的

bà ba mā ma　fǒu zé wǒ jiāng nǐ men quán jiā dōu tūn jìn dù zi lǐ　gǒu xióng è hěn hěn
爸爸妈妈，否则我将你们全家都吞进肚子里！"狗熊恶狠狠

地威胁说。

小松鼠惊慌地点点头，拿着袋子走了。

第二天天刚亮，小松鼠就出门摘松子去了，一直到天黑才回家，一连几天都是这样。小伙伴们见小松鼠头都不抬地摘松子，好奇地问："你摘那么多松子，是为冬天做储备吗？可是也用不了那么多呀！"

小松鼠冲它们苦笑一下，眼里含着泪水，什么都没说。

妈妈见小松鼠每天早出晚归，疲惫不堪的样子，就好奇地问道："宝贝，最近发生什么事情了吗？这几天都不见你说话。"

小松鼠连忙摇摇头说："没什么，我每天出去跟小伙伴玩得很累，回家就不想说话了。"

第二天早上，妈妈悄悄地跟在小松鼠的后面，发现它根本没有找小伙伴一起玩，而是不停地摘松子。

妈妈跳到小松鼠面前，搂着它说："宝贝，你为什么不停地摘松子？"

妈妈温柔的询问使小松鼠再也忍不住了，它一边哭，一边将遇到狗熊的事情告诉了妈妈。

妈妈为小松鼠擦掉眼泪，严肃地说："傻孩子，无论你遇到什么事情，都要最先告诉爸爸妈妈，即使我们无法解决，也会想办法帮你解决，记住了吗？"小松鼠听了，默默地点点头。

那天下午，当狗熊来取松子的时候，小松鼠的爸爸妈妈联合好朋友们一起狠狠教训了狗熊一顿，从此以后，它再也不敢欺负其他小动物了。

安全启示

遇到坏人威胁的时候，千万不要隐瞒，一定要及时告诉爸爸妈妈，和爸爸妈妈一起想办法对付坏人。

聪明的小猴子

小猴子、小白兔、小山羊正在草地上做游戏。突然，它们发现一只黄鼠狼正在偷花母鸡家的鸡蛋。

小白兔刚要冲过去，小山羊拉住它说："黄鼠狼很凶的，我们假装没看见吧，否则它会揍我们的。"

"我们不能眼睁睁地看着黄鼠狼偷东西，就算被揍也要阻止它！"说完，小白兔勇敢地冲过去，气愤地指责黄鼠狼说："快把鸡蛋放下！你怎么能随便偷别人家的东西呢？"

黄鼠狼听后一把抓住小白兔，恶狠狠地说："你不要命了，竟然管闲事！今天就让你尝尝我的厉害！"说完，重重的拳头向小白兔打了过去。

小白兔疼得哇哇直叫，小山羊见状，吓得大哭起来，不知道怎么办才好。

突然，黄鼠狼"哎哟"一声，撒手放开了小白兔。原来是小猴子从树上抛下石块，砸中了黄鼠狼。

黄鼠狼气得暴跳如雷，可它抓不到小猴子，于是又抓住小山羊，一拳挥过去，小山羊也疼得哇哇大哭。

正在这时，大象警察突然出现，用长鼻子卷起黄鼠狼，重重地抛在地上。原来，小猴子事先打电话报警后，才过来帮助小白兔和小山羊的。

大象警察对小白兔和小山羊说："你们遇到坏人时要先保证自己的安全，再找爸爸妈妈或警察来对付坏蛋！"

安全启示

生命是最重要的，做任何事情都要把自身安全放在第一位。遇到坏人作恶的时候，要先告诉爸爸妈妈或者警察叔叔来解决，千万不要自己鲁莽行事。

金金为什么哭

金金是一只非常漂亮的小猫，全身的毛都是金色的，从生下来起大家就非常喜欢它。为了让金金将来能读个好学校，猫爸爸和猫妈妈特地买了学区房，将家搬到新小区，金金也因此换了新的幼儿园。

金金非常喜欢新幼儿园，那里的游乐室有很多新玩具，图书室有很多新绘本，老师也很漂亮。猫妈妈知道金金比较淘气，于是对老师说："金金要是有不听话的时候，您尽管训它！"

第一天，金金开开心心地去了新幼儿园，到大门口的时候，还很乖巧地跟爸爸妈妈说了再见。

放学回到家，猫妈妈问："今天在新幼儿园过得快乐吗？老师和同学们都很好吗？喜欢吃幼儿园的饭吗？"金金听了，默默地点了点头。

猫妈妈笑着对猫爸爸说："看来金金很适应新幼儿园，今天过得不错。"

哪曾想，第二天早晨，金金起床以后闷闷不乐，弱弱地问："妈妈，我可以不去幼儿园吗？"

猫妈妈问："怎么了宝贝，你哪里不舒服吗？"

金金说："我没有不舒服，就是不想去幼儿园。"

猫妈妈很奇怪，问："老师批评你了，还是跟同学吵架了？"

金金大哭起来："都不是，我就是不想去幼儿园！"

猫爸爸在一旁严

33

^{sù de shuō}
肃地说：^{bú yào rèn xìng}"不要任性！^{zěn me néng wú yuán wú gù bú qù yòu ér yuán}怎么能无缘无故不去幼儿园？^{bà ba mā}爸爸妈

^{ma rú guǒ suí suí biàn biàn bú qù shàng bān}妈如果随随便便不去上班，^{néng xíng ma}能行吗？"

^{jīn jin méi yǒu shuō shén me}金金没有说什么，^{yí lù bù tíng de kū nào}一路不停地哭闹，^{yì zhí zǒu dào yòu ér yuán dà}一直走到幼儿园大

^{mén qián cái qiè shēng shēng de shuō}门前，才怯生生地说：^{bà ba mā ma zài jiàn}"爸爸妈妈再见！"

^{yì lián jǐ tiān jīn jin dōu shì zhè yàng}一连几天金金都是这样，^{jiàn jiàn biàn de yǎn quān fā hēi}渐渐变得眼圈发黑，^{wú jīng dǎ}无精打

^{cǎi yì tiān wǎn shang jīn jin zuò è mèng dà shēng hǎn zhe}采。一天晚上，金金做噩梦，大声喊着：^{bú yào qiā wǒ bú yào}"不要掐我！不要

^{qiā wǒ māo mā ma hé māo bà ba tīng dào hǎn shēng gǎn jǐn guò lái jiāng jīn jin lǒu zài huái}掐我！"猫妈妈和猫爸爸听到喊声，赶紧过来将金金搂在怀

^{lǐ}里。

^{māo bà ba tū rán yǒu xiē huái yí zǐ xì chá kàn jīn jin de shēn shang fā xiàn tā quán}猫爸爸突然有些怀疑，仔细察看金金的身上，发现它全

身竟然有很多红色、紫色的掐痕！猫妈妈心疼得流下了眼泪，问金金："是谁在幼儿园掐你了吗？"

金金先是摇摇头，接着有些害怕地说："是狼老师，它掐我和其他的一些同学，还说不告诉爸爸妈妈的学生是英雄！"

猫爸爸非常愤怒，立刻去动物公安局报了案。可是，熊猫警察在取证的时候，发现幼儿园内所有的监控都没有拍下狼老师虐待学生的画面。后来，在幼儿园餐饮部羊大婶的举报下，警察才将狼老师抓了起来，大家这才知道狼老师专门在没有监控的地方虐待学生。

安全启示

受到虐待或被欺负的时候，无论对方是谁，说了什么理由，都不要相信，一定要及时告诉爸爸妈妈。如果在家里受到虐待，要打电话110报警。

偷偷溜走的文文

下午，幼儿园放学的时候，文文站在门口，看到别的小朋友一个一个都被家长接走了，她非常不开心："哼，爸爸总是比别的家长来得晚，今天我要自己回家躲起来，吓吓他！"

于是，文文趁着老师没注意，偷偷地跟在别的家长后面溜出了幼儿园。刚到大街上，她就后悔了："爸爸妈妈都说过，千万不能自己跑出幼儿园，以免遇到坏人，我还是回去吧。"

她刚要转身回幼儿园，这时一个女人跑过来，捂住她的眼睛说："小美女！猜猜我是谁？"

文文最讨厌别人捂她的眼睛了，于是一下子将那女人的手扒开，转身看看那个女人，说："我不认识你！你是谁？"

女人笑着说："我是你爸爸妈妈的朋友，他们工作忙，让我来接你去找他们。"

文文有些怀疑，问："那你知道我的名字吗？"

女人说："我当然知道，你叫丽丽！"

"不对，不对，我叫文文！"

"阿姨当然知道你叫文文啦，阿姨是故意说错跟你开玩

笑的，我们快走吧，免得让你爸爸妈妈等着急了！"

说完，女人拉着文文的手快步向前

走。文文越想越觉得不对劲，可是手被女

人拉得紧紧的，这可怎么办呢？

"阿姨！"文文装出一副可怜兮

兮的样子说，"我又饿又渴，都走不

动了，我想吃点东

西，行吗？"

女人露出不

耐烦的神情，

说："我们还

是先去找你爸

爸妈妈吧，免得他们等着急了！"

"不！"文文哭起来喊道，"我就要先吃东西嘛！"

"好，好，好！你不要哭了，我们先去买东西吃！"女人没办法，只好领着文文进了超市。

文文想起大灰狼和小红帽的故事，心想："这个阿姨就是大灰狼，我就是可怜的小红帽，我怎样才能逃跑呢？"

这时，文文见到一对中年夫妇，他们买了很多蔬菜和水果，看上去不像是坏人，于是她赶紧跑过去，大喊道："爸爸妈妈，你们在这儿呢，我都找不到你们了！”她冲到中年夫妇跟前，低声说：“有个坏阿姨要带走我，请帮我给我爸爸打个电话好吗？”

而那个女人见文文喊爸爸妈妈，根本不敢去分辨真假，吓得赶紧跑了。中年夫妇问了文文爸爸妈妈的电话号码，好在文文平时背得很熟，很快就联系上了爸爸妈妈。

见到爸爸的时候，文文委屈得哭起来：“爸爸，以后你早点来接我好吗？我保证，从此以后我再也不会偷偷溜出幼儿园了！”

安全启示

千万不能自己一个人偷着溜出幼儿园，一定要等家长来接，平时要牢牢记住家长的姓名和电话号码。如果遇到危险，要想办法向路人求助，报警或给家长打电话。

龙龙学英语

龙龙是一只可爱的小恐龙，它最常说的话就是："我是天不怕地不怕的小飞龙！"可是，别看龙龙被爷爷奶奶宠上了天，平时一副小霸王的样子在村里四处跑，其实它也有心事。每天入睡前，它都告诉自己："龙龙，你要快快长大！到了六周岁，你就可以到城里上学，跟爸爸妈妈在一起了！"

上次爸爸妈妈来看龙龙的时候，给它带来了小学一年级的学习资料。数学和语文，爷爷奶奶还能勉强教教龙龙，英语可就没人能教了，因为村里没有一个人会。

这一天，龙龙发现村头有一辆很气派的蓝色汽车，村里的小孩子都凑过去看，龙龙也忍不住跑了过去。

这时，从车里出来一个狼叔叔，分糖果给小朋友们吃，还指着汽车说："在英语里小汽车叫'car'，如果是出租车就叫'taxi'，你们记住了吗？"

龙龙顿时眼睛一亮，急切地问："叔叔，你会英语吗？你能教我英语吗？"

狼叔叔看看龙龙，笑着说："当然可以。可是我不是每天都在这儿，只有每周五的晚上回来，然后周日下午回城里，你可以在这个时间来找我学英语。"

"太好了！谢谢叔叔！"龙龙听了，开心极了，完全没注意到狼叔叔诡异的眼神。

周六上午，爷爷奶奶把龙龙送到狼叔叔家，向它表示谢意后，把龙龙一个人留在狼叔叔家学英语。

龙龙非常聪明，学得也非常认真，很快就学会了七个英文字母和五个英文单词，还学会了两句英文对话。

狼叔叔夸奖龙龙说：

"叔叔第一次见到像你这么聪明好学的孩子，真招人喜欢，以后你肯定是一个成绩优秀的好学生！"

龙龙听了很高兴，说道："我要是学习好，爸爸妈妈也一定很开心！"

"叔叔奖励你一大盒冰激凌！"说着，狼叔叔从冰箱里拿出一盒冰激凌放在桌子上，然后抱起龙龙，让它坐在自己的腿上吃。

龙龙开心地吃着冰激凌，突然觉得有些不对劲。狼叔叔

de liǎng zhī shǒu zài tā shēnshang bù tíng de luàn mō lóng long yǒu xiē hài pà lì jí cóng láng
的两只手在它身上不停地乱摸。龙龙有些害怕，立即从狼

shū shu de tuǐ shàng tiào xià lái shuō dào bà ba mā ma shuō guo chuān bèi xīn hé nèi kù
叔叔的腿上跳下来，说道："爸爸妈妈说过，穿背心和内裤

de dì fang bù xǔ bié rén mō
的地方不许别人摸！"

láng shū shu hǒng zhe tā shuō nǐ shì nán zǐ hàn shū shu yě shì nán zǐ hàn shū
狼叔叔哄着它说："你是男子汉，叔叔也是男子汉，叔

shu mō mo shì méi yǒu shì de
叔摸摸是没有事的。"

lóng long dà shēng jù jué dào bù xíng shuí mō dōu bù xíng shuō wán lóng long
龙龙大声拒绝道："不行！谁摸都不行！"说完，龙龙

niǔ tóu pǎo huí yé ye nǎi nai jiā jiāng shì qing de jīng guò gào su le yé ye nǎi nai
扭头跑回爷爷奶奶家，将事情的经过告诉了爷爷奶奶。

yé ye nǎi nai yì tīng gǎn jǐn bào le jǐng jīng guò jǐng chá diào chá cái zhī
爷爷奶奶一听，赶紧报了警。经过警察调查才知

dào nà wèi láng shū shu yǐ jīng hài le hěn duō hái zi xìng kuī lóng long jī jǐng
道，那位狼叔叔已经害了很多孩子，幸亏龙龙机警，

dǒng de bǎo hù zì jǐ fǒu zé hòu guǒ bù kān shè xiǎng
懂得保护自己，否则后果不堪设想。

安 全 启 示

　　每个人的身体都有不能随便被人碰、被人看的地方，尤其穿背心和内裤的位置，一定不许人乱摸，更不要去乱摸别人。

xiǎo sōng shǔ měi tiān yào cǎi zhāi hěn duō sōng zǐ　　yán zhe tā zǒu de lù xiàn shǔ yì shǔ

小松鼠每天要采摘很多松子。沿着它走的路线数一数，

xiǎo sōng shǔ yì tiān gòng cǎi zhāi le duō shao kē sōng zǐ

小松鼠一天共采摘了多少颗松子？

终点

yòu ér yuán de guǎng chǎng shàng yí gòng yǒu shí gè jiān kòng shè xiàng tóu   nǐ néng zhǎo dào tā
幼儿园的广场上一共有十个监控摄像头，你能找到它
men fēn bié zài nǎ lǐ ma
们分别在哪里吗？

药片谜团

森林里的狐狸保育园开始正式招生啦！这所保育园占地辽阔，里面装修环保，各种设施齐备，而且可以无缝对接重点小学，因此森林里的小动物们都跑来报名。

小猴安安有幸成为保育园的小班成员。开学那天，猴妈妈和猴爸爸给安安换上了最好的衣服，将从头到脚焕然一新的安安送到保育园的大门口。园里的狐狸老师们都穿着整齐划一的工作装，和蔼可亲地在门口迎接小动物们，引领自己班里的小动物进到教室，一切事项都进行得井井有条。

傍晚，猴爸爸和猴妈妈接安安放学回到家。但是，它们发现从保育园回来的安

安很乖巧、安静，不像以前那样上窜下跳、活泼好动了。

安安吃了些晚饭，早早就休息了。"到底是知名保育园，教育顽皮孩子这么见效！"猴爸爸和猴妈妈相视一笑，很开心看到安安的改变。

第二天一早，安安睁开眼便上窜下跳，嚷嚷着要去保育园。猴妈妈见了摇摇头，看来想让小猴变乖，还需要一个长期的过程。但就在当天傍晚安安回家以后，它又变得乖巧懂事，很早就休息了，就连小伙伴喊它出去玩它都没有去。

渐渐地，安安果然如猴爸爸、猴妈妈期望的那样，变得越来越乖，越来越安静。

有一天，猴妈妈感冒，买了一些药片和维生素。安安看到了，吵着也要吃。猴妈妈告诫它说："药片不能随便吃，会中毒的！"

安安却说："我不信，狐狸老师每天都给我吃药片！"

"什么？"猴妈妈听了大吃一惊。"你可别说谎，你又没生病，老师怎么可能每天都给你吃药片？"

"是真的，不信你去问问我的狐狸老师！狐狸老师还说这是我们的秘密，不让我告诉别人。"安安理直气壮地说道。

猴妈妈觉得这件事很令人怀疑，于是对安安说："狐狸老师再给你药片的时候，你不要吃，想办法偷偷拿回家给妈妈，妈妈有奖励。"

安安一听有奖励，高高兴兴地答应了，第二天从保育园回来，果然带回来一粒白药片。猴妈妈是药剂师，立即看出来那是安眠药。

原来，保育园不顾损害小动物们的神经系统的危险，偷着给每个淘气不午睡的小动物喂安眠药，所以安安才会变得那么安静、乖巧、嗜睡。

无比愤怒的猴妈妈联合其他小动物家长，将狐狸保育园告上法庭，使它们得到了严厉的惩罚。

安全启示

药品是用来治疗疾病的，没有医生的嘱咐，不能随便吃药。在爸爸妈妈不知道的情况下，谁给的药都不能吃。如果有人强制我们服药，一定要及时告诉爸爸妈妈。

奇怪的红点

qí guài de hóng diǎn

"丁零零……丁零零……"晚上，小松鼠家的电话响起来。松鼠妈妈拿起电话，里面传来白狗妈妈焦急的声音："松鼠妈妈，你赶紧仔细看看你家小松鼠身上有没有可疑的黑点？"

松鼠妈妈听得云里雾里，问："什么黑点？你在说什么？"

"哎呀，你先别问！快去看看你家小松鼠身上有没有一些黑点，很小很小的黑点！"白狗妈妈急切地说。

松鼠妈妈只好放下电话，叫来小松鼠，在灯光下察看。结果，松鼠妈妈吓了一跳，小松鼠的四肢和身上有很

多小红点，但并不是白狗妈妈说的小黑点。

"怎么样？有没有？"白狗妈妈又问。

"这是怎么回事？小松鼠身上有很多小红点，不是小黑点！是孩子们得了什么传染病吗？"松鼠妈妈问。

"怎么是小红点，我家小白狗身上分明是小黑点啊！"白狗妈妈有些疑惑地说。

"我想起来了，小白狗身上的肯定也是小红点，是你的眼睛不能分辨彩色，所以才看成了黑色。"松鼠妈妈说。

"哦，对，我忘记了！我现在带小白狗去你家，你帮我看看究竟是不是小红点。"

半个小时后，小白狗和妈妈、小绵羊和妈妈、小白猫和妈妈、小

猴子和妈妈都来到了小松鼠家。果然如松鼠妈妈所料，小白狗身上的也是小红点，其他小动物身上也都有。

"你们有没有感觉到哪里不舒服？"松鼠妈妈问孩子们。

小动物们都摇了摇头。小白猫说："有的时候觉得身上疼，有的时候又觉得红点点有点痒。"

白猫妈妈搂着小白猫说："孩子们这是生什么病了吗？为什么全身起奇怪的红点？"

白狗妈妈焦急地说："我们赶快带孩子去传染病医院检查一下吧！"

一听要去医院，小动物们都吓得哭起来，异口同声地说："我们没有生病，我们不去医院，这些红点点是幼儿园的灰狼老师扎的！"

"什么？"妈妈们听

了大吃一惊。

"真的，真的！"小猴子说，"灰狼老师一不开心就会拿针扎我们，还不许我们告诉家长，否则它就会在夜里变成妖怪把我们吃掉！"

白狗妈妈一听，气得差点儿没晕过去。松鼠妈妈也被这个意外吓得半天没喘过气。妈妈们立即报了警，然后气势汹汹地冲向灰狼老师家。

听到风声的灰狼老师正收拾东西要逃跑，幸亏动物家长们及时赶到，将它堵在了家门口。面对警察的讯问，灰狼老师吓得瘫倒在地上，老实交代了平时用针扎幼儿园小动物们的罪行。

安全启示

有些坏人会伪装成好人，暗地里伤害儿童。如果受到别人的伤害，千万不要惧怕对方的恐吓，一定要及时告诉爸爸妈妈。

最珍贵的生日礼物

羊咩咩过生日的时候，羊爸爸和羊妈妈在院子里举办了一场热闹的宴会，邀请了很多小动物。大家给羊咩咩带来了许多好玩的生日礼物，羊咩咩拆礼物的时候，不停地发出惊叹声。

可是，羊咩咩最期待的是外婆的礼物。它还记得去年过生日的时候，外婆亲手为它做了一件公主裙，布料柔软得像天上的云彩，裙子上的宝石像夜空中明亮的星星，配上外婆缝制的发带和绣花钉珠的鞋子，羊咩咩成了宴会上真正的焦点，所有的小伙伴

都很羡慕地看着它。

今年外婆会送羊咩咩什么礼物呢？它偷偷看了一眼外婆，外婆正微笑着看着它。

这时，小猴子来喊羊咩咩一起加入捉迷藏的队伍，它们跑到外面的树林里玩得很开心，羊咩咩不知不觉将礼物的事情忘在了脑后。

大家跑得浑身是汗。小熊说："我们去河边洗澡吧！"于是，一群小动物跑到河边，脱下衣服跳到河里。

羊咩咩正要脱衣服，突然感觉有人在拉它，扭头一看，原来是外婆。外婆伸出手指"嘘"了一声，带着羊咩咩走进树林深处。

突然，羊咩咩发现了两棵特别漂亮的大树，树叶有红色的，黄色的，绿色的。外婆带着它来到树下，指着树底下的一棵小树苗，郑重其事地说："这是今年外婆送你的礼物！"

羊咩咩有些不明白，疑惑地看着外婆。

外婆说："刚才外婆不让你脱衣服下河，是因为你长大了，无论在家里还是在外面，都不能随便脱衣服暴露自己的身体。尤其是女孩子，更不能随便脱衣服，或者让别人触碰身体。如果有人向你提出无理要求，你一定要果断拒绝，在必要时要寻求帮助。"

外婆一边指导羊咩咩挖坑，一边说："生命就如树木，生活就如这些多彩的树叶，懂得呵护自己才能长成漂亮的大树，拥有多姿多彩的生活。"

这时，羊咩咩突然发现，那两棵大树上，一棵写有外婆的名字，一棵写有妈妈的名字。外婆微笑着说："它们分别是我跟你妈妈在你这个年纪的时候，收到的生日礼物。"

外婆帮羊咩咩在种好的小树上写上名字，说："你要跟小树一起茁壮成长，爱惜自己的生命，将来无论遇到什么困难，都要及时告诉爸爸妈妈！"

羊咩咩亲了外婆一下，说："谢谢外婆，我一定记住您的话。虽然我现在还不太明白，但我知道，您送给我的是最珍贵的生日礼物！"

安全启示

在公众场所要时刻注意外在形象，不能随意脱衣服裸露身体。如果在外面遇到裸露身体私密部位的人，一定要远远避开，并及时告诉爸爸妈妈或报警。

狼吃羊的理由

春天来了，到处都是鲜嫩的青草，绵羊幼儿园的全体成员到郊外进行了一次春游。小羊们看到遍地的青草开心极了，一个个欢呼雀跃。园长嘱咐大家说："注意！全体成员都要一起走，不能独自乱跑。"

可是，羊咩咩不想跟大家一起挤着抢青草吃。它的耳朵特别灵，听到不远的地方有小河流水的声音，于是它偷偷离开大家，跑到了小河边。

河水又清又亮，河岸边的青草又嫩又香。"只有我自己享受这么美味的青草，真的好开心啊！"羊咩咩吃了好多青草，又

喝了好多清凉的河水，心情好极了！它全然不知道，此时正有一只大灰狼悄悄向它靠近。

"喂！小家伙！你真可恶，竟然弄脏了我的水！我要吃掉你！"大灰狼站在上游，吞了一大口水说。

羊咩咩申辩说："我一直在下游吃草喝水，而您在上游，怎么能说我弄脏了您的水呢？"

大灰狼恶狠狠地说："那就是你妈妈弄脏了我的水！"

"可是，我妈妈从来不到这条河里喝水，它每次都是去我家门前的那条小河里喝水。今天是我们幼儿园春游，我悄悄离开了大家，才到这条河边来的。"羊咩咩委屈地说道。

"谁叫你不守纪律，不听话，自己乱跑！像你这种不听话的小羊就应该受到严厉的惩罚，所以我要吃掉你！"大灰狼狡辩道。

"那应该由老师批

评我，妈妈教训我，也不该由你吃掉我呀！"羊咩咩急得哭起来。

"以前有只羊用角顶伤了我，一定是你的外婆！"大灰狼龇着牙说。

"可是，那个时候我还没有出生，不关我的事啊！"羊咩咩哭喊道。

大灰狼不耐烦地咆哮道："小家伙，别天真了！我想吃你还需要什么理由吗？狼吃羊是天经地义的事情！谁叫你是羊，我是狼呢！"说完，大灰狼张开大嘴，向羊咩咩扑过去。

就在这时，从不远处传来园长的声音："羊咩咩——羊咩咩——你在哪儿？"

"汪汪……"绵羊幼儿园的猎狗也跟着园长一起出来寻

zhǎoyáng miē mie
找羊咩咩。

dà huī láng tīng dào liè gǒu de jiào
大灰狼听到猎狗的叫

shēng xià de diū kāi yáng miē mie jiù táo
声，吓得丢开羊咩咩就逃。

yáng miē mie tān dǎo zài dì shàng zhàn zhàn jīng jīng de
羊咩咩瘫倒在地上，战战兢兢地

dà shēng hǎn dào yuánzhǎng wǒ wǒ zài zhè lǐ wǒ zài xiǎo hé biān
大声喊道："园长，我……我在这里！我在小河边！"

yuán lái liè gǒu xiù dào dà huī láng de qì wèi dài lǐng xiǎo yáng men duǒ bì de shí
原来，猎狗嗅到大灰狼的气味，带领小羊们躲避的时

hou yuánzhǎng fā xiàn yáng miē mie bú jiàn le gǎn jǐn sì chù xún zhǎo
候，园长发现羊咩咩不见了，赶紧四处寻找。

chà diǎn er bèi dà huī láng chī diào de yáng miē mie dī tóu rèn cuò shuō duì bu
差点儿被大灰狼吃掉的羊咩咩低头认错说："对不

qǐ yǐ hòu wǒ zài yě bú huì lí kāi dà jiā dú zì luàn pǎo le
起，以后我再也不会离开大家独自乱跑了！"

参加集体活动的时候，一定要遵守纪律，跟紧队伍和老师，不能擅自离开队伍，以免迷路或发生其他危险。

61

神秘的小路

小兔的外婆打来电话，说做了小兔最喜欢吃的胡萝卜糕，让它去取一些。正巧小兔的妈妈也做了外婆最喜欢吃的蘑菇酱，妈妈装了满满三罐，让小兔带给外婆。

外婆家并不远，分别有一条大路和一条偏僻的小路可以到达。平时，爸爸妈妈带小兔去外婆家的时候，走的都是那条大路，还嘱咐小兔说："你如果独自去外婆家，一定要走热闹的大路，千万别走偏僻的小路。"

小兔虽然牢牢记住爸爸妈妈的话，可每次看到开满鲜花的小路，心里总会升起一种神秘的感觉，使它忍不住想去探险。于是，它对自己说："等我长大了，就可以走那条小路啦！"

小兔提着装满蘑菇酱的篮子，站在岔路口，望望大路，又望望小路，有些犹豫。它仿佛听见小路在召唤它："来呀，小兔，到神秘的小路探险吧，你已经长大了！"

"我已经长大了吗？"小兔想了想，去年的鞋子，今年穿已经小了；去年的衣服，今年穿也小了。"这样看来，我是长大了呢！"小兔越想越开心，蹦蹦跳跳地踏上了小路。

可是，走了一会儿，小兔发现这条小路完全没有想象中的那么美好，除了盛开的花朵，到处都是野草和白色垃圾，而且野草偏偏是最难吃的那种。不过，倒是没有什么令它害怕的东西。"就这样一直往前走吧，走到尽头，就快到外婆家了。"小兔一边安慰自己，一边向前走。

突然，小兔发现身后有一团黑影，吓得它心脏都快要跳出来了。它不敢回头看，加快速度继续向前走。可是，那团黑影紧紧地跟着小兔，小兔快它也快，小兔慢它也慢。

"难道是外星人来捉我回去做试验的吗？"小兔越想越害怕，拔腿飞奔起来。跑出小路以后，它才敢回头看，那团黑影原来是自己的影子，真是虚惊一场！

从外婆家回来的时候，小兔胆子大起来，毫不犹豫又选择了走小路。这回，小兔的影子在身前，看着自己的影子，它不停地笑自己是多么胆小。忽然，身后传来奇怪的脚步声，它回头一看，天哪，是大灰狼！

"嘿嘿嘿，都说守株待兔，还真被我等到一只兔子！"大灰狼奸笑着说。

小兔吓得狂奔起来，正巧看到一条

64

chà lù tōng xiàng dà lù　　zhǐ shì yǒu hù lán　　tā
岔路通向大路，只是有护栏。它
gù bú shàng duō xiǎng　　dī tóu zuān xiàng hù lán　　bù
顾不上多想，低头钻向护栏。不
hǎo　　tóu jìng rán bèi qiǎ zhù le　　xiǎo tù jué wàng de
好，头竟然被卡住了！小兔绝望地
bì shàng le yǎn jing
闭上了眼睛。

　　wāng wāng wāng　　　　xìng kuī liè gǒu jǐng chá jí shí chū
"汪汪汪……"幸亏猎狗警察及时出
xiàn　　gǎn zǒu dà huī láng　　jiāng xiǎo bái tù jiù le xià lái
现，赶走大灰狼，将小白兔救了下来。

安全启示

　　千万不要一个人走偏僻无人
的小路，因为很容易被别有用心的
坏人盯上。平时过马路时也不要钻
护栏，以免被夹到，发生意外。

读故事 玩游戏

wài pó sòng gěi yáng miē mie yì kē měi lì de xiǎo shù　shù yè de xíng zhuàng hé yán sè yǒu
外婆送给羊咩咩一棵美丽的小树，树叶的形状和颜色有

hěn duō zhǒng　qǐng nǐ ná qǐ huà bǐ zǐ xì de tú shàng yán sè ba
很多种，请你拿起画笔仔细地涂上颜色吧。

yǐn cáng zài shén mì xiǎo lù lǐ de dòng wù bù
隐藏在神秘小路里的动物不
jǐn yǒu dà huī láng hái yǒu hú li hé lǎo hǔ
仅有大灰狼，还有狐狸和老虎，
nǐ néng zhǎo dào tā men cáng zài nǎ lǐ ma
你能找到它们藏在哪里吗？

小喜鹊的烦恼

小喜鹊到处飞着玩，它遇到了一只小鸭子，打招呼说："小鸭子，我们一起玩好不好？"

小鸭子说："好啊，我正想去游泳呢，你跟我一起去吧！"

小喜鹊连忙说："游泳？我不会游泳。"

"什么？你竟然不会游泳，真是太笨了，我不跟你玩了！"小鸭子不再理小喜鹊，自顾自地走了。

听了小鸭子的话，小喜鹊有些难过。这时，飞来一只小鸬鹚，小喜鹊打招呼说："小鸬鹚，我们一起玩好不好？"

小鸬鹚说："好啊，我正想去游泳呢，你跟我一起去吧！"

"可是，我不会游泳。"小喜鹊沮丧地说。

"游泳可简单了，只要飞到水里，不停地抖动爪子就可以啦。"小鸬鹚说。

“真的有那么简单吗？可是，我的爸爸妈妈也不会游泳呢！”小喜鹊说。

“那你学会以后可以教它们呀！”小鸬鹚说。

小喜鹊将信将疑地跟着小鸬鹚飞向了大河。到了河边，小鸬鹚说：“跟在我后面别害怕，勇敢点！”说完，它一个俯冲冲进水中。

小喜鹊正要跟着小鸬鹚往水里冲，鸬鹚妈妈看见了，立刻制止说：“小喜鹊，你不会游泳，快回来！”

鸬鹚妈妈将小鸬鹚批评了一顿，说：“游泳很危险，不要鼓动不会游泳的朋友下水。再说，小喜鹊是天生不能下水游泳的！”

小猩猩翻跟头

小猩猩骑着自行车在马路上闲逛。"咦，这里为什么用彩带条圈起来了？"于是，小猩猩将自行车停在一旁，走过去看究竟发生了什么事。

"这里以前不是有个大铁盖吗？怎么不见了？哦，在一旁呢！"小猩猩凑过去，歪着头向洞里面看。没想到，它刚低下头，就从里面钻出来一位熊叔叔，系着安全带，腰上的挎包里装着专业的工具。

熊叔叔对小猩猩说："小朋友，离洞口远点，小孩子不能在危险的地方玩！"说完，熊叔叔纵身跳过彩带条，稳稳地站在马路上，得意地向小猩猩眨眨眼睛。

"哼！这有什么了不起的！我从小就练武术，翻跟头的本事比你强

70

<ruby>多<rt>duō</rt></ruby> <ruby>了<rt>le</rt></ruby>！"小<ruby>猩<rt>xīng</rt></ruby><ruby>猩<rt>xing</rt></ruby><ruby>不<rt>bù</rt></ruby><ruby>服<rt>fú</rt></ruby><ruby>气<rt>qì</rt></ruby><ruby>地<rt>de</rt></ruby><ruby>想<rt>xiǎng</rt></ruby><ruby>着<rt>zhe</rt></ruby>，<ruby>只<rt>zhǐ</rt></ruby><ruby>见<rt>jiàn</rt></ruby><ruby>它<rt>tā</rt></ruby><ruby>退<rt>tuì</rt></ruby><ruby>出<rt>chū</rt></ruby><ruby>彩<rt>cǎi</rt></ruby><ruby>带<rt>dài</rt></ruby><ruby>条<rt>tiáo</rt></ruby><ruby>圈<rt>quān</rt></ruby><ruby>的<rt>de</rt></ruby><ruby>范<rt>fàn</rt></ruby>

<ruby>围<rt>wéi</rt></ruby>，<ruby>又<rt>yòu</rt></ruby><ruby>向<rt>xiàng</rt></ruby><ruby>后<rt>hòu</rt></ruby><ruby>退<rt>tuì</rt></ruby><ruby>了<rt>le</rt></ruby><ruby>几<rt>jǐ</rt></ruby><ruby>步<rt>bù</rt></ruby>，<ruby>然<rt>rán</rt></ruby><ruby>后<rt>hòu</rt></ruby><ruby>憋<rt>biē</rt></ruby><ruby>足<rt>zú</rt></ruby><ruby>一<rt>yì</rt></ruby><ruby>口<rt>kǒu</rt></ruby><ruby>气<rt>qì</rt></ruby>，<ruby>来<rt>lái</rt></ruby><ruby>了<rt>le</rt></ruby><ruby>一<rt>yì</rt></ruby><ruby>连<rt>lián</rt></ruby><ruby>串<rt>chuàn</rt></ruby><ruby>的<rt>de</rt></ruby><ruby>侧<rt>cè</rt></ruby>

<ruby>手<rt>shǒu</rt></ruby><ruby>翻<rt>fān</rt></ruby>，<ruby>最<rt>zuì</rt></ruby><ruby>后<rt>hòu</rt></ruby><ruby>轻<rt>qīng</rt></ruby><ruby>轻<rt>qīng</rt></ruby><ruby>松<rt>sōng</rt></ruby><ruby>松<rt>sōng</rt></ruby><ruby>地<rt>de</rt></ruby><ruby>翻<rt>fān</rt></ruby><ruby>过<rt>guò</rt></ruby><ruby>了<rt>le</rt></ruby><ruby>彩<rt>cǎi</rt></ruby><ruby>带<rt>dài</rt></ruby><ruby>条<rt>tiáo</rt></ruby>。

<ruby>正<rt>zhèng</rt></ruby><ruby>当<rt>dāng</rt></ruby><ruby>小<rt>xiǎo</rt></ruby><ruby>猩<rt>xīng</rt></ruby><ruby>猩<rt>xing</rt></ruby><ruby>得<rt>dé</rt></ruby><ruby>意<rt>yì</rt></ruby><ruby>地<rt>de</rt></ruby><ruby>停<rt>tíng</rt></ruby><ruby>下<rt>xià</rt></ruby><ruby>来<rt>lái</rt></ruby>，<ruby>想<rt>xiǎng</rt></ruby><ruby>站<rt>zhàn</rt></ruby><ruby>稳<rt>wěn</rt></ruby><ruby>的<rt>de</rt></ruby><ruby>时<rt>shí</rt></ruby><ruby>候<rt>hou</rt></ruby>，<ruby>才<rt>cái</rt></ruby><ruby>发<rt>fā</rt></ruby><ruby>现<rt>xiàn</rt></ruby><ruby>自<rt>zì</rt></ruby><ruby>己<rt>jǐ</rt></ruby>

<ruby>正<rt>zhèng</rt></ruby><ruby>落<rt>luò</rt></ruby><ruby>在<rt>zài</rt></ruby><ruby>洞<rt>dòng</rt></ruby><ruby>口<rt>kǒu</rt></ruby><ruby>上<rt>shàng</rt></ruby><ruby>面<rt>miàn</rt></ruby>，<ruby>径<rt>jìng</rt></ruby><ruby>直<rt>zhí</rt></ruby><ruby>掉<rt>diào</rt></ruby><ruby>了<rt>le</rt></ruby><ruby>下<rt>xià</rt></ruby><ruby>去<rt>qù</rt></ruby>。

<ruby>站<rt>zhàn</rt></ruby><ruby>在<rt>zài</rt></ruby><ruby>一<rt>yì</rt></ruby><ruby>旁<rt>páng</rt></ruby><ruby>的<rt>de</rt></ruby><ruby>熊<rt>xióng</rt></ruby><ruby>叔<rt>shū</rt></ruby><ruby>叔<rt>shu</rt></ruby><ruby>看<rt>kàn</rt></ruby><ruby>见<rt>jiàn</rt></ruby><ruby>后<rt>hòu</rt></ruby>，<ruby>赶<rt>gǎn</rt></ruby><ruby>紧<rt>jǐn</rt></ruby><ruby>跳<rt>tiào</rt></ruby><ruby>进<rt>jìn</rt></ruby><ruby>洞<rt>dòng</rt></ruby>，<ruby>将<rt>jiāng</rt></ruby><ruby>小<rt>xiǎo</rt></ruby><ruby>猩<rt>xīng</rt></ruby><ruby>猩<rt>xing</rt></ruby><ruby>背<rt>bēi</rt></ruby><ruby>了<rt>le</rt></ruby>

<ruby>上<rt>shàng</rt></ruby><ruby>来<rt>lái</rt></ruby>。<ruby>可<rt>kě</rt></ruby><ruby>怜<rt>lián</rt></ruby><ruby>的<rt>de</rt></ruby><ruby>小<rt>xiǎo</rt></ruby><ruby>猩<rt>xīng</rt></ruby><ruby>猩<rt>xing</rt></ruby><ruby>在<rt>zài</rt></ruby><ruby>床<rt>chuáng</rt></ruby><ruby>上<rt>shàng</rt></ruby><ruby>躺<rt>tǎng</rt></ruby><ruby>了<rt>le</rt></ruby><ruby>三<rt>sān</rt></ruby><ruby>个<rt>gè</rt></ruby><ruby>多<rt>duō</rt></ruby><ruby>月<rt>yuè</rt></ruby>，<ruby>才<rt>cái</rt></ruby><ruby>能<rt>néng</rt></ruby><ruby>一<rt>yì</rt></ruby><ruby>瘸<rt>qué</rt></ruby><ruby>一<rt>yì</rt></ruby><ruby>拐<rt>guǎi</rt></ruby>

<ruby>地<rt>de</rt></ruby><ruby>下<rt>xià</rt></ruby><ruby>床<rt>chuáng</rt></ruby><ruby>走<rt>zǒu</rt></ruby><ruby>路<rt>lù</rt></ruby>。

安全启示

　　在路上，看到有维修标志的圈线时要绕行，不要凑过去看热闹。平时更要远离坏掉的井盖和路段，不能因为好奇去冒险，从而导致发生意外事故。

寻找幸福

美美最近闷闷不乐，因为她的爸爸妈妈总是吵架。灵灵不知道该怎么安慰好朋友，突然，她想起她的爸爸妈妈曾经说过一句话："只要拥有幸福，我们一家人就会永远在一起。"于是，灵灵对美美说："只要有幸福，你的爸爸妈妈就不会吵架了，我们去买幸福吧。"

美美和灵灵拿出各自储蓄罐里所有的钱，去了小区附近的便利店，问收银员阿姨说："阿姨，我们想买幸福，这些钱够吗？"

收银员阿姨疑惑地问："幸福？是巧克力、饼干，还是

bīng jī líng　　hǎo xiàng méi yǒu shén me shì xìng fú pái de
冰激凌？好像没有什么是幸福牌的。"

líng líng shuō　　　　wǒ men yào mǎi de shì xìng fú　　shì wǒ de bà ba mā ma shuō de xìng
灵灵说："我们要买的是幸福，是我的爸爸妈妈说的幸

fú
福！"

　　　　ò　　　shōu yín yuán ā　yí yǒu xiē míng bai le　　xiào zhe shuō　　　nǐ men shuō de xìng
"哦。"收银员阿姨有些明白了，笑着说，"你们说的幸

fú bú shì yòng qián mǎi lái de　　děi yòng xīn qù xún zhǎo　qù gǎn jué　míng bai le ma
福不是用钱买来的，得用心去寻找、去感觉，明白了吗？"

líng líng hé měi mei nǐ kàn kan wǒ　　wǒ kàn kan nǐ　suī rán méi míng bai shōu yín yuán ā　yí
灵灵和美美你看看我，我看看你，虽然没明白收银员阿姨

shuō de huà　　dàn zhī dào biàn lì diàn méi yǒu　　xìng fú　kě yǐ mǎi　　yú shì xìng xìng de chū
说的话，但知道便利店没有"幸福"可以买，于是悻悻地出

qù le
去了。

gāi qù nǎ lǐ xún zhǎo xìng fú ne　　líng líng xiǎng le xiǎng
该去哪里寻找幸福呢？灵灵想了想

shuō　　　xìng fú yí dìng shì hěn zhēn guì de dōng xi　　yīng
说："幸福一定是很珍贵的东西，应

gāi cáng zài hěn yǐn mì de dì fang
该藏在很隐秘的地方。"

73

美美想到一个地方，说："小区后面有一条小路，路的尽头有一个空旷的院子，院子里有一个大仓库看上去特别神秘，说不定那里有幸福。"

"那我们去那里找找吧！"于是，两个小姑娘手拉着手，向小路跑去。

仓库在一个废弃的大院里，院子里杂草丛生，随处可见凌乱的架子。灵灵和美美紧紧拉着手，战战兢兢地走进仓库。

"这里真的有幸福吗？"美美害怕得连说话声音都颤抖了。

"电视里演的，一般宝贵的东西不都是藏在没有人的地方吗？我们应该会找到幸福的！"灵灵鼓足勇气说。

这时，天已经快黑了，仓库里黑咕隆咚，美美发现一个小铁门，喊道："灵灵快看，幸福肯定藏在那个小房间里！"她们推开铁门，刚走进去，铁门便"哐当"一声关上了。

这是一个小小的空房间，里面除了灰尘和蜘蛛网，什么都没有。美美和灵灵害怕极了，便返回身去推铁门，可铁门被卡死了，怎么也推不开。四周一片漆黑，她们吓得又哭又叫，可外面一点回应都没有。

就当她们以为再也见不到爸爸妈妈的时候，外面忽然传来熟悉的声音："灵灵，美美。"原来，她们的爸爸妈妈找不到她俩，便调看了小区的监控，这才发现了她们的行踪，找到这里。

美美的爸爸妈妈听说缘由后，流着泪搂住美美说："我们以后再也不吵架了！"

安 全 启 示

废弃场所和建筑工地都存在安全隐患，在没有大人陪护的情况下，千万不能随便进入，以免发生危险。

好玩的滑板

小熊买了滑板，兴奋得一刻都不想在屋里待着。它分别给小兔子、小狐狸和小猴子打电话说："我妈妈给我买了滑板，咱们出去玩吧！"

很快，小伙伴们在小熊家门前集合了。

小兔子想要试试小熊的滑板，小熊说："咱们还是去广场上滑吧，在路上滑太危险。"于是，它们背着滑板，来到了附近的小广场。

刚开始的时候，大家都不会滑，需要有人扶着。也许是小熊体型比较大，掌握平衡的

néng lì bǐ qí tā xiǎo huǒ bàn qiáng　jiàn jiàn de　　tā kě yǐ zì jǐ huá yí duàn jù lí le
能力比其他小伙伴强，渐渐地，它可以自己滑一段距离了，

yú shì xīng fèn de　zhí rāng rang　　wǒ néng zì jǐ huá la　nǐ men děng zhe wǒ　wǒ huí jiā
于是兴奋得直嚷嚷："我能自己滑啦！你们等着我，我回家

ná xuě gāo qǐng nǐ men chī　　shuō wán　xiǎo xióng lè diān diān de pǎo huí jiā le
拿雪糕请你们吃！"说完，小熊乐颠颠地跑回家了。

　　sān gè xiǎo huǒ bàn yì biān wán huá bǎn　　yì biān děng zhe xiǎo xióng ná lái měi wèi de xuě
三个小伙伴一边玩滑板，一边等着小熊拿来美味的雪

gāo　hěn kuài　xiǎo xióng biàn ná lái le jǐ gēn xuě gāo　dà jiā měi zī zī de chī qǐ lái
糕。很快，小熊便拿来了几根雪糕，大家美滋滋地吃起来。

　　xiǎo xióng chī de zuì kuài　cǎi zhe huá bǎn zì gù zì de wán qǐ lái　　hū rán　tā tīng
小熊吃得最快，踩着滑板自顾自地玩起来。忽然，它听

dào huá bǎn fā chū　kā bā kā bā　de guài shēng yīn　biàn gǎn jǐn tíng xià lái chá kàn　jié
到滑板发出"咔吧咔吧"的怪声音，便赶紧停下来查看，结

guǒ bìng méi fā xiàn yǒu shén me yì yàng　kě zài cì shàng qù huá　kā bā kā bā　de
果并没发现有什么异样。可再次上去滑，"咔吧咔吧"的

shēng yīn jiù yòu lái le
声音就又来了。

小熊气呼呼地问：“你们刚才谁把滑板玩坏了？”

三个小伙伴面面相觑，异口同声地说：“我们谁也没玩坏呀！”

“不对！滑板发出奇怪的声音，一定是谁把它弄坏了！肯定是你，小猴子！上次在我家打坏了花瓶你都没主动承认！”小熊生气地说。

“真的不是我！我玩的时候，滑板是好好的。”

小狐狸拿过滑板，检查了一下，说：“好像是螺丝松动了，我拧紧了再试试！”

小狐狸将螺丝拧紧后，小熊又试了试，滑板果然没有怪声音了。小熊刚向小猴子道完歉，天就下起大雨，滚滚雷鸣随之而来。

小兔子大喊：“我们快去大树下避雨

ba
吧！"

xiǎo hú li zhì zhǐ shuō　　　　bù xíng　　xià yǔ dǎ léi de shí hou bù néng
小狐狸制止说："不行！下雨打雷的时候不能

tíng liú zài guǎng chǎng shàng　　bù néng zài dà shù xià bì yǔ　　yě bù
停留在广场上，不能在大树下避雨，也不

néng yán zhe qiáng bì zǒu　　gèng bù néng zài gū lì de liáng tíng　　chē péng
能沿着墙壁走，更不能在孤立的凉亭、车棚

xià bì yǔ　　wǒ nǎi nai jiā jiù zài qián miàn　　wǒ men qù wǒ nǎi nai jiā lǐ bì yǔ ba
下避雨。我奶奶家就在前面，我们去我奶奶家里避雨吧！"

yí jìn hú li nǎi nai jiā　　xiǎo hú li jiù guān diào le wū nèi de suǒ yǒu diàn yuán　　hú
一进狐狸奶奶家，小狐狸就关掉了屋内的所有电源。狐

li nǎi nai gěi dà jiā cā gān shēn shang de yǔ shuǐ　　yòu gěi tā men zhǔ le rè hū hū de
狸奶奶给大家擦干身上的雨水，又给它们煮了热乎乎的

jiāng táng shuǐ lái yù fáng gǎn mào
姜糖水来预防感冒。

安 全 启 示

打雷下雨的时候尽量不要外出，并关闭家里的电
源和电器。如果雷雨时碰巧在外面，要学会像小狐狸
那样，懂得躲避雷击。

xiǎo xīng xing gēn huǒ bàn men yuē hǎo yì qǐ qù kòng dì tī zú qiú dào nà yǐ hòu fā xiàn
小猩猩跟伙伴们约好一起去空地踢足球，到那以后发现

kòng dì bèi wéi qǐ lái le hái biāo zhù zhe shī gōng wēi xiǎn dàn bìng méi yǒu kàn dào yǒu
空地被围起来了，还标注着"施工危险"，但并没有看到有

rén shī gōng xiǎo xīng xing zěn me zuò shì duì de
人施工。小猩猩怎么做是对的？

fǎn zhèng hái méi kāi shǐ shī
A.反正还没开始施

gōng jìn qù wán yí huì er
工，进去玩一会儿。

huàn yí gè ān quán de dì fang tī qiú
B.换一个安全的地方踢球。

bù tī zú qiú le hé huǒ bàn
C.不踢足球了，和伙伴

men yì qǐ wán gōng dì tàn xiǎn
们一起玩工地探险。

yīn wèi bù néng tī zú qiú hěn shēng
D.因为不能踢足球很生

qì zài wéi lán shàng luàn tú luàn huà
气，在围栏上乱涂乱画。

gēn bà ba mā ma shuō yì shuō   xìng fú jiū jìng zài nǎ lǐ   xià miàn jǐ fú tú zhōng de
跟爸爸妈妈说一说，幸福究竟在哪里。下面几幅图中的

chǎng jǐng huì ràng nǐ gǎn dào xìng fú ma
场景会让你感到幸福吗？

mā ma de yōng bào hé qīn wěn
A.妈妈的拥抱和亲吻。

bà ba wǎn shang jiǎng gù shi péi bàn
B.爸爸晚上讲故事陪伴。

guò shēng rì
C.过生日。

chī bīng jī líng
D.吃冰激凌。

爱游泳的小黑熊

小黑熊非常喜欢游泳，至今已经获得好几块冠军奖牌了。每到夏天，大家都能在附近的小河边见到小黑熊的身影，它最喜欢在那里扎猛子，屏住气一头扎下去，有时候还能抓到活蹦乱跳的鱼呢！

今年夏天大雨不断，小河水猛涨，浑浊的水中还漂浮着稻草、烂草席等各种杂物。小黑熊总想着去河里游泳，熊爸爸阻止它说："在洪水中游泳太危险，千万不能倚仗着游泳技术高，就拿自己的生命开玩笑。"

可是，不能游泳的日子太难熬了，好

不容易挨到天晴，小黑熊的脸上又露出了笑容。几天后，河水又变清澈了，小黑熊迫不及待地约上小伙伴一起去游泳。小狗站在一旁鼓劲说："小黑熊，抓一条鱼上来！"

小黑熊做好热身运动后，应声说："好，看我的无敌扎猛功！"

没想到，小黑熊很快就捂着额头浮上来，疼得龇牙咧嘴，额头还流着血。原来，洪水冲来了许多泥块和沙石，小黑熊没想到河床变高了，一下子扎到河底，被沙石磕到额头受了伤。

这回，因为额头上的伤，小黑熊更不能下河游泳了。而且熊爸爸担心小黑熊管不住自己，就嘱咐它在养好伤之前不许出门。可怜的小黑熊整天闷在家里，看着远处的小河，觉得每分每秒都是煎熬。

这一天，小黑熊去卫生间的时候，突然灵机一动："我可以在浴缸里游泳呀！"想到这儿，它兴奋极了，出去看看时间，确定爸爸暂时还不会回家，然后开始往浴缸里放水。

"哗哗哗……"当放了大半缸水的时候，小黑熊就等不及了，它站在浴缸边上，准备一个猛子扎进去。没想到，浴缸边上有水，它没站稳，一不小心滑进浴缸，摔得头昏脑涨，晕了过去。

熊爸爸外出回来的时候，还没走到家门口，就看到院子里到处都是水，连木板都漂了起来。它大吃一惊，连忙蹚水进屋，发现水是从浴室里流出来的。熊爸爸立即关好电闸，冲到浴室，关上水龙头，抱出躺在浴缸里的小黑熊进行急救，又打了森林120叫救护车。

在熊爸爸的急救措施下，小黑熊终于醒了，好半天才回过神，看清眼前的熊爸爸。

看到一地的狼藉，小黑熊后悔极了，跟熊爸爸道歉说："对不起，我以后再也不敢这么干了。"

熊爸爸严肃又和蔼地说："想游泳我可以带你去游泳馆，这样玩实在太危险了！"

安全启示

湿滑的浴缸很容易令人跌倒，所以切记不要在浴缸里游泳、玩闹。而且，放洗澡水的时候要在一旁盯着，不要离开，以免漾水发生危险。

小狼的新房

小熊盖了一幢二层楼的新房，看上去既宽敞又气派，大家都来参观，这使得小狼既羡慕又嫉妒。它心想："如果我盖上一幢三层高的楼房，肯定比小熊的还气派，那时的我该多得意啊！"于是，小狼跑到泥瓦匠小牛家，说："我来请你给我建造一幢三层高的楼房，越快越好！"

小牛一听，赶紧带上工具，跟着小狼到了施工地，开始打地基、和泥、垒砖头……忙得热火朝天。小狼天天跑到工地上监工。没过几天，地基打好了；又过了几天，垒好了几层砖；再过了几天，又垒高了几层砖。

小狼着急了，嚷嚷道："这都过去多少天了，我的楼房怎

么还没建成？”

小牛回答说：“我一直按照你的要求在一层一层垒砖头，建楼房呢！”说完，它把图纸拿给小狼看。

小狼将图纸扔到一边，怒气冲天地说：“你这个大笨蛋！谁让你一层一层垒砖头了，我只要第三层楼房！”

小牛不服气地说：“不管你要几层，楼房都得一层一层地建！”

小狼暴跳如雷，大吼道：“你这头蠢牛听不懂我说的话吗？我要你建的是第三层！”

小牛生气了，把工具收拾好，说：“我可没有直接建第三层的本事，你还是去找别的泥瓦匠吧！”

87

小狼一想："不对啊，森林里只有小牛一个泥瓦匠，大家盖房子都要求它帮忙。"于是它赶紧转变态度，好言好语地说："好吧，就按照你的意思一层一层垒砖头吧！"

两个星期后，小狼的三层新房终于建好了。它开心地跑到三楼的阳台，手舞足蹈地大喊道："等我把家收拾好，就请大家来参观！"

小牛在一旁提醒它说："阳台没有做封闭，很危险，不要站在那里乱蹦乱跳！"

小狼不以为然地说："我才不要把阳台做封闭呢，我就是想让大家都能看到我站在三层的阳台上，多威风！"

小牛好心地说："没有封闭的阳台很危险，还是小心点

好，明天我带材料来给你的阳台做封闭。"

小狼连连摇头说："不，不，不，我喜欢这样，早晨我可以站在阳台上呼吸新鲜空气，迎接清晨的第一缕阳光。我的楼房这么美，哪里危险了，你看，哪里有危险？"

小狼越说越得意，站在阳台上又蹦又跳，突然，它脚一滑，一下子从阳台上掉了下去。幸亏楼下有一堆干草，它因此只有一条后腿受了伤，否则可能连命都没了！

安全启示

　　阳台是很危险的地方，不要蹬踏阳台上的凳子、花盆、纸箱等不稳固的物体玩耍，也不要在未封闭的阳台上追逐打闹，更不要将身体的任何部位伸出阳台或伸到防护窗外面，以防跌落或被卡住。

小老虎找电

电究竟长什么样？虎兄弟三个念念不忘这件事。这一天，虎爸爸和虎妈妈都不在家。大虎、二虎和三虎从动物幼儿园回来后，就又琢磨开了这件事。

大虎说："老师总是强调电很可怕，千万不要碰家里的插座、开关等，甚至连电视都不许咱们碰。"

二虎说："你们看咱家的插座，凡是带眼儿的，都被爸爸妈妈用安全塞堵上了，而且它们一再嘱咐我们，不要碰插座，小心被电到！"

三虎说："电究竟是什么样的呢？为什么会被电？电很可怕吗？"

大虎说："我听人类说过一个词叫'电老虎'，似乎是形容电很可怕，像老虎一样可怕！"

二虎说："我们就是老虎，我们

很可怕吗？大虎，你怕我吗？三虎，你怕我吗？"

三虎说："我们是三胞胎，谁怕谁呀！不过，幼儿园里的其他小动物也没害怕咱们呀！"

"对呀，对呀！所以说，电也没什么可怕的吧！"大虎和二虎异口同声地说。

"咱们非要把那个可怕的电找出来不可，看看它究竟长什么样。难道它比妖怪还可怕？"三虎说。

大虎和二虎嘲笑三虎说："就好像你见过妖怪似的！"

"我没见过，你们当然也没见过，有什么可笑话我的！"三虎说。

三兄弟商量好以后，将插座的安全塞都拔了出来，冲着

小洞洞大声吼道："电，你快出来！"它们喊得声嘶力竭，也没见小洞洞里面出来什么。

"既然它不主动出来，我们就把它捅出来吧！"三兄弟出去找了几根细小的木棍，向小洞里捅去，一边捅，一边嚷嚷："我看你出不出来！"

可是，它们捅的胳膊都酸了，也没捅出什么东西来。三虎提议说："我们干脆往小洞里灌水，把它冲出来！"

大虎和二虎说："不行，万一把电淹死了，我们就看不到它究竟长什么样子了！"

那怎么办呢？三兄弟坐在地上，绞尽脑汁想办法。"有了！我们用细铁丝做几个小铁钩，把它钩出来！"

说干就干，很快，它们就做

了三个小铁钩。大虎先拿着一个铁钩插进小洞洞，突然身体一阵发麻，刚号叫出一句"电咬我了"，就瘫在地上一动不动了。

二虎吓得赶紧去拉大虎，结果也扑通一声倒在地上；三虎去拉二虎，也扑通一声倒在了地上！

这时，正好虎爸爸和虎妈妈回来了，它们看到躺在地上的三兄弟和插进插座里的铁钩，赶紧关掉电闸，给三兄弟做了急救。三兄弟这回都知道电有多么可怕了。

安全启示

当人体接触带电的物体时，电流会给人体造成伤害，轻者令人昏迷，重者致人死亡，所以家里的所有电源都不能乱碰，更不要用湿手去碰电器的开关。

小兔保姆

星期天的上午，小兔有舞蹈课和声乐课，上完课回来，小兔和兔爸爸、兔妈妈开开心心地在一起吃了午饭。下午，兔爸爸和兔妈妈一起去健身房。临走前，兔妈妈嘱咐小兔说："你自己在家要注意安全，不要出门，而且谁敲门都不要开，也不要乱用厨房的东西……"

"好啦，好啦，知道啦，妈妈，我都记住啦！"小兔应声说道。

爸爸妈妈走了之后，小兔从冰箱里舀了三个冰激凌球，美美地靠在沙发上一边吃一边看电视。电视里正在演美食

94

节目，看得小兔直流口水。忽然，它生出一个想法："爸爸妈妈健身回来以后肯定又饿又累，如果我做些好吃的，它们一进门就能吃饭，一定很高兴！"

小兔越想越开心："啦啦啦，我是爸爸妈妈的小保姆，我要给它们做美食喽！"

它回想着每次爸爸妈妈做饭时使用厨具的情景，于是先接上一壶水，打开煤气灶，等水烧开以后，给爸爸妈妈泡了一杯柠檬茶。

再做些什么呢？对，黑胡椒烤蘑菇！小兔洗好蘑菇，拌好黑胡椒酱，放到烤箱里，打开开关，设定好时间，烤了起来。

再来一道咖喱胡萝卜！小兔打开冰箱，拿出罐装的速食咖喱胡萝卜，放在微波炉里，定好时间，开始加热。

万事大吉，只等着微波炉加热完时发出的"嘀嘀嘀"的提示音了。小兔心满意足地靠着沙发，把电视调到动漫频道，看起最喜欢的动画片儿，渐渐看得入了迷。等微波炉发出"嘭嘭"的巨响，并冒出刺鼻的浓烟时，小兔才发现大事不好。它站起来想去厨房，却突然觉得天旋地转，一下子晕倒在地上。

邻居小猴出门散步，发现小兔家门缝直往外冒烟，赶紧一边打火警119，一边返回家中把自己淋湿，拿着湿毛巾捂住自己的嘴巴和鼻子，踹开小兔家的门。

一进门，小猴就看到晕倒在地上的小兔，赶紧把

tā tuō chū qù　　dǎ le jí jiù　　　　yòu fǎn huí
它拖出去，打了急救120，又返回

wū lǐ　qiē duàn suǒ yǒu diàn yuán
屋里切断所有电源。

　　　zhè shí　　xiāo fáng duì lái le　　jí shí qū sàn le nóng yān　　fáng
这时，消防队来了，及时驱散了浓烟，防

zhǐ le huǒ zāi de fā shēng　　xiǎo tù tǎng zài wài miàn de cǎo dì shàng　　yóu
止了火灾的发生。小兔躺在外面的草地上，由

yú hū xī le xīn xiān kōng qì　　jiàn jiàn sū xǐng le guò lái　　tā jiàn zì jǐ
于呼吸了新鲜空气，渐渐苏醒了过来，它见自己

chuǎng le dà huò　　xià de wā wā dà kū
闯了大祸，吓得哇哇大哭。

　　　tù bà ba hé tù mā ma jiē dào diàn huà　　gǎn jǐn huí dào jiā　　kàn dào wā wā dà kū de
兔爸爸和兔妈妈接到电话，赶紧回到家，看到哇哇大哭的

xiǎo tù　　yòu shì shēng qì yòu shì xīn téng　　xiǎo tù gěng yè zhe shuō　　　　wǒ　　wǒ běn lái
小兔，又是生气又是心疼。小兔哽咽着说："我，我本来，

xiǎng zuò bà ba mā ma de bǎo mǔ　　méi xiǎng dào　　què chuǎng le dà huò　　duì bu qǐ
想做爸爸妈妈的保姆，没想到，却闯了大祸！对不起！"

安全启示

　　　厨房里的电器要在大人的监护下使用，煤气灶、微波炉和烤箱等电器都具有一定
的危险性，操作不当会引发事故，比如微波炉和烤箱，千万不要将罐装食物放进去加
热，会引发爆炸。

贪吃的小猪

小猪胖胖特别能吃，只要在家，凡是它能看到的食物，绝对逃不过它的嘴巴。这一天，胖胖刚吃过一大碗甜点，坐在地毯上看动画片儿，这时姐姐拎了一个纸袋子走进来，它的注意力立即被纸袋子吸引了过去。

姐姐瞪了胖胖一眼，笑着说："看你的贪吃相，这不是吃的东西，千万别吃啊！"说完，拿着纸袋子进了卫生间。

胖胖刚要起来跟进去看看，便听到姐姐的手机响了，好像在跟朋友讲话："是的，纯植物，无添加，闻着可香了，很像水果冰激凌的味道。好的，我这就去找你，带你去买！"

打完电话，姐姐就出门走了。此时

98

的胖胖，满脑子想的都是姐姐刚才说的那句"闻着可香了，很像水果冰激凌的味道"。

于是它兴奋地跑到卫生间，拿出纸袋里的几个瓶瓶罐罐，拧开其中一瓶闻了闻，天啊，这不是香草冰激凌嘛！

瓶子上都是英文，胖胖不认识，它想起姐姐说了一句"纯植物"，那就是说这些东西是植物做的，既然是植物做的，当然能吃啦！

胖胖开心极了，它把那些瓶瓶罐罐全拿走了，一边看电视，一边吃。结果呢？还不到一个小时，胖胖就开始上吐下泻，后来还被送进急救室洗胃，在医院里住了好几天。原来，它吃掉的是姐姐新买的洗发水、沐浴液等日用品。

安全启示

平时要熟识家里的日用品，不能因为香味诱人就去尝试食用，以免给身体造成伤害。

流浪狗的生日

寒冷的冬天来临了，北风呼呼地刮，天上零星飘着雪花，真是太冷了！一只没有名字的流浪狗在街上蹒跚前行，因为它的毛是黄色的，所以大家都叫它大黄。

大黄已经好几天没吃东西了，饿得很瘦，一副可怜巴巴的样子。突然，从一幢房子里传出欢声笑语，引起了大黄的注意。它循声望去，房子里温暖的灯光吸引它不由自主地走了过去，从窗户向里面望。

原来，是一群小动物在参加小胖熊的生日晚会。餐桌上放着很多美味的食物，还有一个三层的生日蛋糕，大家围在餐桌前，为小胖熊唱起了《生日快乐歌》。大黄听着动人的旋律，忍不住流下了眼泪。在它的记忆中，它的生日好像从来没有过歌

100

声、祝福和生日蛋糕。大黄越想越伤心，从最初的啜泣渐渐变成了号啕大哭，眼泪吧嗒吧嗒地落在地上。

"咦，外面是什么声音？下雨了吗？"小白兔推开窗户一瞧，原来是一只流浪狗在哭。

"你为什么哭得这么伤心呀？"小白兔关切地问道。

"因为……因为，从来没有朋友为我过过生日，我甚至连自己哪天生日都不知道。看到你们为小熊过生日，我就忍不住哭了起来。"大黄呜呜咽咽地说着。

"哦，好可怜啊！"大家纷纷跑到窗口安慰大黄。

小胖熊跑出去，热情地拉着大黄说："如果你愿意，今天就跟我一起过生日

吧！以后每年的这一天，就是你的生日，我们大家一起给你过生日，你现在是一只有生日、有朋友的狗了，你说好不好？"

大黄开心地点点头，眼睛都变亮了。于是，大家簇拥着小胖熊和大黄，一起站在餐桌旁。小白兔忽然说："等等！既然大黄跟小胖熊一起过生日，我们多点一些蜡烛好不好？"

小松鼠说："还是算了吧，蜡烛点多了会很危险的！"

小白兔说："没关系的，我小心一点儿就行了。我要把这里变成美丽的蜡烛王国！"说完，它开始到处放蜡烛，点燃以后，关上灯，整个房间顿时变成了一个童话世界。

xiàn zài
"现在，

wǒ men lái chóng xīn chàng shēng rì
我们来重新唱《生日

kuài lè gē   rán hòu xiǎo pàng xióng
快乐歌》，然后小胖熊

hé dà huáng yì qǐ chuī là zhú xǔ yuàn ba   xiǎo bái tù kāi xīn de shuō
和大黄一起吹蜡烛许愿吧！"小白兔开心地说。

zhè shí   péng you men zài cì chàng qǐ   shēng rì kuài lè gē   fáng jiān lǐ xiǎng qǐ měi
这时，朋友们再次唱起《生日快乐歌》，房间里响起美

miào dòng rén de xuán lǜ   yì qǔ chàng bì   gāi chuī là zhú xǔ yuàn le   xiǎo pàng xióng hé dà
妙动人的旋律。一曲唱毕，该吹蜡烛许愿了。小胖熊和大

huáng yì qǐ bì shàng yǎn jing xǔ yuàn   rán hòu shǐ jìn yì chuī   dàn gāo shàng de là zhú yí xià
黄一起闭上眼睛许愿，然后使劲一吹，蛋糕上的蜡烛一下

zi quán chuī miè le   kě shì   xiǎo bái tù fàng zài chuāng tái shàng de là zhú bèi chuī dǎo le
子全吹灭了。可是，小白兔放在窗台上的蜡烛被吹倒了，

jiāng chuāng lián diǎn zháo   xùn sù rán shāo qǐ lái   cì ěr de bào jǐng qì xiǎng le qǐ lái
将窗帘点着，迅速燃烧起来，刺耳的报警器响了起来。

duō kuī dà xiàng xiāo fáng yuán jí shí gǎn dào   pū miè le huǒ   cái méi yǒu niàng chéng dà
多亏大象消防员及时赶到，扑灭了火，才没有酿成大

huò
祸。

安全启示

使用蜡烛时要注意安全，不能在有易燃、易爆物品的地方使用，以免引发火灾。最好在大人看护下使用蜡烛。

小熊逃生记

小熊有个很不好的坏习惯，专门喜欢破坏其他小动物的窝巢。

有一天，小熊拿着木棍，蹲在大树下捅蚂蚁窝。它看着蚂蚁们惊慌失措的样子哈哈大笑、又蹦又跳，最后还在蚂蚁窝上撒了一泡尿，才心满意足地准备回家。

突然，一只飞虫冲了过来，照着小熊的眼睛下面叮了一下。小熊急得一个巴掌拍在自己脸上，没打到飞虫，反倒把自己拍晕了，扑通倒在地上，那只神秘的飞虫转眼间便不知去向了。

小熊醒来的时候，觉得看哪儿都不对劲，一摸眼睛下面，竟然被叮了一个大包。这时，一个长相奇怪的大脑袋动物跑过来说："小熊先生，我们女王请您去做客！"

"你是什么动物？我怎么从来没有见过你？"小熊奇怪地问。

"我们几乎天天见面，您怎么会不认识我呢？"大脑袋动物略显惊讶地说。

小熊仔细打量了一下对方，只见它大脑袋，头上有两个触角，细脖子、细腰，屁股上像拖着一个大口袋，个子跟小熊差不多大，可是它确实不认识啊！

"快走吧！一会儿我们女王等着急了！"大脑袋动物催促说。

105

小熊稀里糊涂地跟着大脑袋动物来到一个很大的城堡。

那里的居民非常忙碌，都在大街上搬运东西，住的居所层层叠叠，密密麻麻。

城堡里的女王比带路的大脑袋动物长得还要高大，它坐在王位上骄傲地问："你知道今天为什么请你来吗？"

小熊摇摇头。

女王突然站起来，大吼道："因为你是我们的仇人，我们要报仇！"

小熊一看势头不对，撒腿就要往外跑。这时，传来一阵喊声："不好了，地震了，大家快逃啊！"顿时，城堡里乱成一团。

小熊见状，大喊一声："大家不要慌！不要乱喊乱跑！听我指挥！我们要有秩序地撤离！"这时，它发现电梯的门开着，赶紧又喊道："地震的时候不能用电梯！我们如果万一来不及逃出去，可以躲在结实、能掩护身体的物体旁边，尽量蜷曲身体，找一些坐垫等有

106

弹力的物品护住脑袋！"

终于，在小熊的指挥下，城堡里的动物们有条不紊地撤离到了安全地带。小熊刚跑出城堡，一股带着骚气的洪水便冲了过来，差点儿把它淹没。

等洪水退尽，小熊站起身，突然觉得自己非常高大。它一摸脸上，那个包不见了。再回头一看，自己不就站在刚才捅蚂蚁窝的地方吗？哎呀，原来那个奇怪的动物就是蚂蚁！那个城堡就是蚂蚁窝！那带着骚气的洪水是……

其实，这些都是小熊做的梦！

安全启示

平时，要跟家长多多学习发生地震时的逃生常识，认真参加学校里的地震逃生课。这样，在真的发生地震时才不会慌乱，做到冷静应对。

xiǎo láng shí zài tài xīn jí le kuài lái bāng ní wǎ jiàng xiǎo niú gài hǎo dì sān céng ba
小狼实在太心急了，快来帮泥瓦匠小牛盖好第三层吧。

108

你能找出大象消防员去河里运水时走的是哪条路吗？

妖怪王国历险记

幼儿园要去春游了，不但要坐旋转木马，还要参观大坦克和大轮船，小朋友们都高兴极了！

妞妞兴奋得怎么也睡不着，隔一会儿就要起来问妈妈："几点啦？天怎么还不亮呢？"

妈妈笑着说："快睡吧！你乖乖睡一觉，天就亮啦！"

于是，妞妞躺在床上翻来覆去，不知道什么时候才睡着的，醒来的时候天已经大亮了。"咦，怎么头有些疼呢？"妞妞觉得昏昏沉沉的。

这时候，爸爸妈妈也醒了，过来喊妞妞起床，看她有些不对劲，便问："宝贝，你是哪里不舒服

110

ma
吗？"

niǔ niu gǎn jǐn yáo yao tóu shuō
妞妞赶紧摇摇头，说：
méi yǒu méi yǒu wǒ hǎo zhe ne
"没有，没有，我好着呢！"
mā ma shēn chū shǒu yào mō niū niu de é tóu
妈妈伸出手要摸妞妞的额头，
tā yì niǔ tóu pǎo le rāng rang zhe shuō wǒ
她一扭头跑了，嚷嚷着说："我
yào kuài diǎn qù yòu ér yuán qù chūn yóu
要快点去幼儿园！去春游！"

qù yóu wán de lù shang niū niu yuè lái yuè bù shū
去游玩的路上，妞妞越来越不舒
fu kāi shǐ hún shēn suān téng dàn tā xiǎng xiang xuán zhuàn mù
服，开始浑身酸疼，但她想想旋转木
mǎ xiǎng xiang dà tǎn kè hé dà lún chuán yī rán méi yǒu gēn lǎo shī shuō
马，想想大坦克和大轮船，依然没有跟老师说。

zuò xuán zhuàn mù mǎ de shí hou niū niu jué de zì jǐ piāo qǐ lái le xiàng
坐旋转木马的时候，妞妞觉得自己飘起来了，像
tiān shàng de yún cai yí yàng piāo a piāo piāo dào le yāo guài wáng guó nà lǐ de
天上的云彩一样，飘啊飘，飘到了妖怪王国。那里的
rén zhǎng de xī qí gǔ guài yǒu de tóu xiàng nán guā yǒu de tóu xiàng
人长得稀奇古怪，有的头像南瓜，有的头像
qīng wā yǒu de tóu xiàng diàn shì niū niu kàn de yòu jīng yà yòu
青蛙，有的头像电视……妞妞看得又惊讶又
hài pà
害怕。

zhè shí tū rán yǒu rén zhuài zhù le tā shuō dào
这时，突然有人拽住了她，说道：
nǐ shì shuí cóng nǎ lǐ lái
"你是谁？从哪里来？"

妞妞回头一看，是一个头长得像西红柿的卫兵。"我叫妞妞，是从游乐园来的。"

"这里不欢迎外人，赶紧出去！"西红柿卫兵晃动着手里的长棍说道。

还没等妞妞说话，就听见有人喊道："公主驾到！公主驾到！"只见一群黑衣小人，簇拥着一个身穿红色裙子、头戴红色墨镜和红色王冠的公主出现了。

妞妞惊讶地发现，公主竟然跟自己长

得一模一样。公主一见到妞妞，就指着她大喊道："快把她赶出去！她带来了感冒病毒，会毁掉我们妖怪王国的！"

妞妞一听，吓得赶紧跑。公主带领那群妖怪在后面紧追不舍，眼看越追越近，卫兵们的木棍一根接一根地砸在妞妞身上，疼得她大喊了一声。原来，刚刚是一场梦。

这时，妞妞发现自己正躺在医院里，妈妈抱着她说："宝贝，你已经昏睡一天一夜了！以后身体不舒服一定要告诉爸爸妈妈，否则实在是太危险了！"

妞妞道歉说："对不起，因为担心不能去春游，没敢告诉你们我不舒服，以后我再也不这样做了。"

安全启示

儿童抵抗力弱，身体不舒服的时候一定要及时告诉爸爸妈妈，千万不能因为贪玩或别的原因耽误了病情。

要减肥的小蜜蜂

春天来了，到处都是绽放的鲜花。辛勤的小蜜蜂们在花丛中飞来飞去，勤劳地采着花蜜，运送到蜂巢里。

有一只贪吃的小蜜蜂，钻进了一朵大花里面，舍不得出来："好香甜的花蜜啊！我随着花朵在风中摇来荡去，像荡秋千一样，真好玩！"

不知不觉，这只小蜜蜂爱上了在花朵里生活的日子，它整天都待在花朵里，过着比神仙还快乐的日子。可是，因为好吃懒做，它一直没有运动，于是越长越胖，胖得像一个小皮球似的。

有一天，小蜜蜂想到花瓣上晒晒太阳，它费力地挪动着身体，从花芯爬到了花瓣上。突然，一阵大风吹过来，小蜜

fēng méi zhàn wěn　　cóng huā bàn shàng gǔn dào le cǎo dì shàng
蜂没站稳，从花瓣上滚到了草地上。

　　xiǎo mì fēng shān dòng zhe chì bǎng　　xiǎng fēi huí huā duǒ
　　小蜜蜂扇动着翅膀，想飞回花朵

lǐ　　kě tā shí zài tài pàng le　　zěn me dōu fēi bù qǐ
里，可它实在太胖了，怎么都飞不起

lái　　tā zhē teng le yí xià wǔ　　zhē teng de yòu lèi yòu è　　yǎn kàn tiān jiù
来。它折腾了一下午，折腾得又累又饿，眼看天就

yào hēi le　　jí de wū wū wū de kū qǐ lái
要黑了，急得呜呜呜地哭起来。

　　zhè shí　　zhèng zài huí jiā de mǎ yǐ men tīng dào le xiǎo
　　这时，正在回家的蚂蚁们听到了小

mì fēng de kū shēng　　gǎn jǐn pǎo guò lái wèn　　　　xiǎo mì fēng　　nǐ zěn me le
蜜蜂的哭声，赶紧跑过来问："小蜜蜂，你怎么了，

wèi shén me kū a
为什么哭啊？"

　　　　xiǎo mì fēng kū zhe shuō　　　　wǒ tài pàng le　　fēi
　　小蜜蜂哭着说："我太胖了，飞

bù qǐ lái　　jì huí bù liǎo jiā　　yě chī bú dào xīn xiān de huā mì　　zhè kě zěn me bàn
不起来，既回不了家，也吃不到新鲜的花蜜，这可怎么办

a
啊？"

蚂蚁们听后商量了一下，说："小蜜蜂，不要怕，我们来帮你减肥吧！"说完，蚂蚁们扶起了小蜜蜂，教它做体操。

"这样减肥又累又慢！从现在起，我不吃不喝，应该很快就能瘦下来。"小蜜蜂说。

"那样可不行！"一只小蚂蚁说，"前段时间，蜻蜓姐姐为了穿漂亮的连衣裙，开始节食减肥，后来大病一场，差点儿连命都没了！减肥要有方法，一定不能靠节食！"

"那怎么办呢？"小蜜蜂一听，又要哭了。

"我看，你可以跟我们住在一起，每天一起干活，准保瘦得快！"那只小蚂蚁说。

于是，从那天起，小蜜蜂就和蚂蚁们住在了一起，每天

116

跟着它们搬运粮食。刚开始的时候，小蜜蜂搬一会儿，就累得趴在地上直喘粗气。

小蚂蚁在一旁鼓励它说："加油！想想香甜的花蜜，想想飞翔的快乐。如果你还想飞起来，就不要停！"在小蚂蚁的鼓励下，小蜜蜂又重新爬起来，继续搬运粮食。

日子一天天过去了，一个月以后，变得很苗条的小蜜蜂终于又能飞起来了！它向蚂蚁们道了谢，飞回了自己的家。从那以后，它再也不住在花朵里好吃懒做了，而是成为一只勤劳的小蜜蜂，跟伙伴们一起每天忙忙碌碌地采花蜜。

安 全 启 示

好吃懒做、过度吃零食和喝饮料，都会导致身体肥胖，因此平时不但要合理搭配饮食，还要多运动。如果已经很肥胖，不能用节食的办法减肥，以免影响身体健康。

小泥猪生病了

小猪罗罗长着一双小眼睛，圆滚滚的肚皮，短短的圆嘴巴。它整天嘻嘻哈哈，无忧无虑，走到哪里都能将大家逗得哈哈笑。罗罗什么都好，可就是不讲卫生。它很喜欢去泥塘里玩，滚一身脏泥巴后，回到家倒头就睡，把家里弄得又脏又乱。

时间长了，罗罗身上又脏又臭，于是大家都叫它"小泥猪"，谁都不愿意跟它一起玩，见到它都躲得远远的，路过罗罗家的时候，伙伴们也都捂着嘴巴和鼻子，生怕闻到臭味。

小猪乐乐住在罗罗家隔壁，它非常喜欢种花，院子里到处都是鲜花。如果

没有鲜花的香味冲淡罗罗家发出的臭味，乐乐简直没法在这里住下去。

有一天，罗罗突然上吐下泻，躺在床上难受得直哼哼，浑身一点力气都没有。乐乐正在院子里浇花，听到罗罗的哼哼声，它隔墙问道："小泥猪，你怎么了？哪里不舒服吗？"

罗罗断断续续地回答说："我……我……病了。"

乐乐赶紧放下水壶，跑到罗罗家。哎呀，这味道真是难闻！乐乐捂住鼻子，推了推罗罗，说："你能起来去医院吗？"

罗罗虚弱地摇了摇头。

乐乐想把它拉起来，可根本拉不动，只好打电话叫了救护车。可是，罗罗太脏了，乐乐为了不把救护车弄脏，只好摘了一大束鲜花放在救护车上。

到了医院，医生诊断以后，说："你是因为不讲卫生引起的细菌感染，住几天院就能痊愈。不过，如果你以后依然这么脏，恐怕还会生病。"罗罗不好意思地低下了头。

出院那天，医生嘱咐罗罗说："平时一定要注意个人卫生，要勤洗手，勤洗澡，家里也要勤打扫。我听说你有个外号叫'小泥猪'，如果继续不讲卫生，恐怕要改叫'小病猪'了。"

罗罗回到家以后，乐乐送来了一大捧鲜花。罗罗捧着鲜花，第一次觉得家里实在是太脏了！它赶紧把桌子上的泥灰擦干净，把鲜花放在桌子上。

它又打来一桶水，开始清

洗地板、床铺、厨房……把该晒的东西都拿到外面晒了晒。

在罗罗的一番"奋战"下，家里完全变了一个样子，明亮的阳光透过干净的窗玻璃照在桌上的鲜花上，罗罗的心情舒畅极了。接着，罗罗跳进家门前那条清澈的小河里，将自己也洗得干干净净的。

从那以后，罗罗又变回了那个走到哪里都受欢迎的小猪，家里也每天都充满了阳光和鲜花的味道，再也没有谁喊它"小泥猪"了。

安全启示

很多疾病都是通过手、水、食品、空气传播的。例如脏兮兮的手上一般会带有成千上万个细菌，所以平时要注意个人卫生，养成饭前便后洗手的好习惯，而且还要勤洗澡，勤打扫房间。

爱说话的奇奇

奇奇是个非常爱说话的孩子，每天从起床开始就喋喋不休地说个没完没了。吃饭的时候，奶奶总是叮嘱他说："吃饭的时候不要说话，把饭菜咽下去之后才能说话，否则很容易呛到。"奇奇每次答应得都很痛快："知道了，奶奶。"可他仍旧说个不停。

一天晚上，奇奇躺在床上，忽然听到一阵窸窸窣窣的声音。他起床一看，面前站着两个戴着口罩的小男孩，看上去跟他年纪差不多。

其中一个小男孩对奇奇说："我们的国王邀请您去王国一游。"

奇奇惊异地问："你们国王？王国？什么王国？"

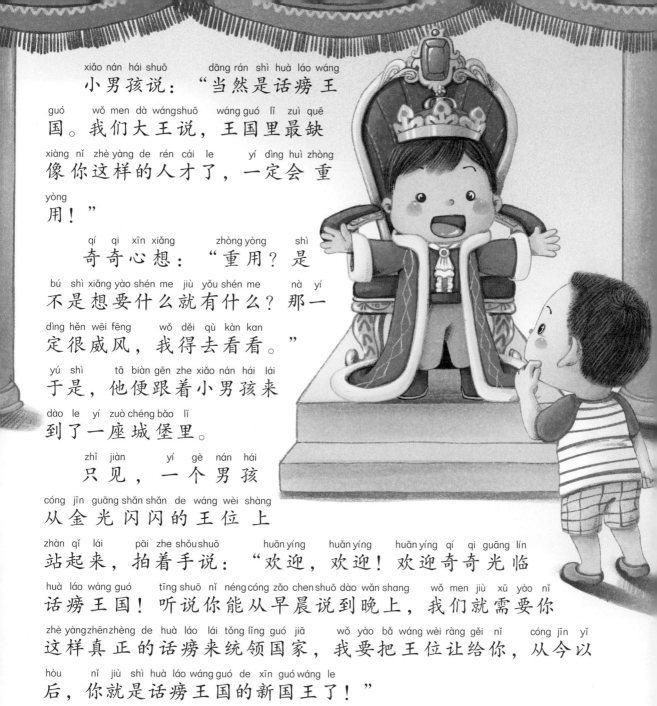

小男孩说："当然是话痨王国。我们大王说，王国里最缺像你这样的人才了，一定会重用！"

奇奇心想："重用？是不是想要什么就有什么？那一定很威风，我得去看看。"

于是，他便跟着小男孩来到了一座城堡里。

只见，一个男孩从金光闪闪的王位上站起来，拍着手说："欢迎，欢迎！欢迎奇奇光临话痨王国！听说你能从早晨说到晚上，我们就需要你这样真正的话痨来统领国家，我要把王位让给你，从今以后，你就是话痨王国的新国王了！"

还没等奇奇回过神，一群人就围了上来，给他换上国

123

wáng de yī fu，dài shàng wáng guān，cù yōng zhe tā zuò zài
王的衣服，戴上王冠，簇拥着他坐在

le jīn guāng shǎn shǎn de wáng wèi shàng。qí qi gāo gāo zài
了金光闪闪的王位上。奇奇高高在

shàng，wàng zhe xià miàn hēi yā yā de chén mín，jué de
上，望着下面黑压压的臣民，觉得

wēi fēng jí le
威风极了。

zhè shí，yí gè chuān zhe kǎi jiǎ de nán hái
这时，一个穿着铠甲的男孩

jìn lái bǐng gào shuō：guó wáng bì xià，lín guó
进来禀告说："国王陛下，邻国

yòu fā qǐ le jìn gōng，qǐng nín chū bīng qù dǎ bài
又发起了进攻，请您出兵去打败

tā men ba
他们吧！"

qí qi tīng de xī li hú tú，bù zhī dào
奇奇听得稀里糊涂，不知道

shì shén me qíng kuàng。gāng gāng tuì wèi de nà ge guó
是什么情况。刚刚退位的那个国

wáng jiě shì shuō：lín guó mán yuàn wǒ men huà láo
王解释说："邻国埋怨我们话痨

wáng guó de rén zhěng tiān dié dié bù xiū，chǎo de tā men
王国的人整天喋喋不休，吵得他们

wú fǎ gōng zuò、wú fǎ xué xí、wú fǎ xiū xi，
无法工作、无法学习、无法休息，

yīn cǐ xià dìng jué xīn yào xiāo miè wǒ men
因此下定决心要消灭我们！"

qí qi yì tīng dà jīng shī sè，lián
奇奇一听大惊失色，连

忙问："那怎么办？"

一个男孩走过来说："国王陛下，请跟我来！"

男孩带着奇奇来到武器宫，里面有一门大炮。男孩说："这是我爷爷的爷爷设计的大炮，只要国王站在这里一刻不停地说话，它就能轰退所有敌人！"

奇奇不以为然地说："这太简单了！"于是，他对着大炮开始不停地说起来，说了很多故事……直到肚子咕咕叫，他才意识到自己居然忘了吃饭。可是，奇奇不能停止说话，否则敌人就会攻上来，于是他只能一边吃一边说。

突然，奇奇被食物呛得面红耳赤，几乎要喘不上气来了，他被憋得直蹬腿，一下子惊醒了过来。他惊魂未定地看看周围，这才发现，原来是一场梦！

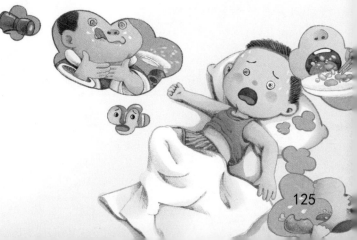

安全启示

吃饭时要细嚼慢咽，食物咽下去以后才能说话，如果一边吃一边说笑，很容易被食物噎到或呛到，严重的话会危及生命。如果一旦不小心被呛到，觉得有些喘不过气来，可以将双手高举，症状就会慢慢缓解。

125

luó luo huà le yì duǒ qī sè huā xiǎngsòng gěi lè le kě shì tā bú huì tú yán sè nǐ
罗罗画了一朵七色花想送给乐乐，可是它不会涂颜色，你

lái bāngbang tā ba
来帮帮它吧！

zǐ xì kàn yí kàn niū niu hé yāo guài wáng guó de gōng zhǔ bìng bú shì yì mú yí yàng

仔细看一看，妞妞和妖怪王国的公主并不是一模一样，

tā men yǒu wǔ chù bù tóng nǐ néng fēn bié zhǐ chū lái ma

她们有五处不同，你能分别指出来吗？

自讨苦吃的小狐狸

小狐狸非常活泼好动，总是东跑西颠的，妈妈时常说：

"我的宝贝，你能不能老老实实在家里待一会儿呢？"

小狐狸笑嘻嘻地说："妈妈，外面有那么多好玩的东西，待在家里多无聊呀！"

可是最近几天，小狐狸都没有出去玩，妈妈有些纳闷儿，问道："宝贝，你怎么不出去玩啦？"

小狐狸愁眉苦脸地说："能玩的东西我都玩厌了，没什么好玩的了。"妈妈笑了笑，没有说什么。

但是，小狐狸在家里待得实在是难受极了，心想："还是出去转转吧！"没想到，一出门，它就发现草丛

128

里有一把弹弓。"哈哈，这下可有好玩的了。"

于是，小狐狸捡起一把小石子，揣在兜里当子弹，用弹弓到处射着玩。河马伯伯看到了，告诫它说："小狐狸，你这样玩很危险，如果打到别的动物，它们会受伤的！"玩得正高兴的小狐狸根本听不进去，不以为然地跑了。

长颈鹿妈妈正在擦楼上的玻璃，一扇扇窗户擦得干干净净。小狐狸捡起一块大石子，装在弹弓上对准窗户，口中还念念有词："我是小狐狸神射手，对准前方目标，长颈鹿家的玻璃！"说完，它将大石子用力射了出去，只听"哗啦"一声，长颈鹿家的玻璃被打碎了。

长颈鹿妈妈气得直喊："小狐狸！你太淘气了！"小狐狸根本不理会，大笑着跑开了，继续去寻找新的目标。

兔妈妈家门前有个很可爱的垃圾桶，小狐狸对准它，

"哐当"一声将它射倒了，顿时垃圾撒了一地，脏水

流得到处都是。小狐狸非但不觉得自己做了错事，还大

声欢呼了起来。

这时，小兔子拿着一根棒棒糖跑出来，气呼呼地说："小

狐狸，你这样做太不应该了，一点都不爱护公共财物！而

且，我妈妈告诉过我们，弹弓很危险，不能当玩具玩耍！"

小狐狸才不在乎呢，看到小兔子手中的棒棒糖，又打

起了一个歪主意，它对小兔子说："小兔子，你举着棒棒糖

给我当靶心，我准保一下子就能射中它！"

小兔子当然不答应，连忙把棒棒糖藏在身后。小狐狸拉好弹弓，朝着小兔子射了过去。只见机灵的小兔子赶紧蹲了下来，小石子重重地打在它身后的树干上，又弹了回来，正好打在小狐狸的额头上。

"疼死我了！"小狐狸扔掉弹弓，捂着额头躺在地上直打滚。从那以后，它再也不敢玩弹弓了。

安全启示

很多玩具都有一定的危险性，比如弹弓、飞镖、仿真枪等，这些东西造成的误伤事故很多，因此不但不能玩，还要远离玩危险物品的人。

驱赶风筝的喜鹊

大街上有个老奶奶卖气球，五颜六色的气球在风中舞动，看上去非常有活力。有只小蜜蜂每天都会飞到这里，跟其中的一只红气球打招呼："你好啊，红气球！"

红气球也会跟小蜜蜂打招呼："你好啊，小蜜蜂！"

有一天，一个小朋友买走了红气球，小蜜蜂看到后，也跟着红气球一起走了。

小朋友拉着拴住红气球的绳子，忽然吹来一阵风，有什么东西迷了小朋友的眼睛。他"哎呀"一声，不小心松开了手中的绳子，红气球便飞上了天空，向远处飘去。

小蜜蜂追着红气球，一

132

起来到一个小广场附近，红气球挂在树上，飞不动了。小蜜蜂气喘吁吁地追过来，问："接下来，你打算怎么办呢？"

"唉，我也不知道。"红气球叹了一口气说。

"最讨厌你们这些乱飞的东西！"突然出现一个声音，把红气球和小蜜蜂吓了一跳。它们循着声音一看，原来是一只喜鹊。

小蜜蜂申辩道："我们哪里乱飞了！红气球是不小心才挂到树上的，它是我的好朋友！"

喜鹊"哼"了一声，没再说什么。

这时，小广场上来了一群孩子，他们手里拿着三个风筝，应该是来放风筝的。喜鹊冲了过去，在那些孩子的头顶上来回飞着，嘴里还不停地叫着："滚出去，滚出去……"

孩子们厌烦地嚷嚷着："哪里来的喜鹊，真是太讨厌了！"

喜鹊飞累了，落到树上休息。小蜜蜂和红气球不解地问："你为什么要驱赶那些孩子呢？"

喜鹊没有回答。

很快，孩子们将风筝放上天空，大呼小叫地拉着风筝线。此时的喜鹊更加愤怒了，它冲向风筝，用喙使劲啄了过去。

小蜜蜂看不下去了，飞过去朝喜鹊大喊："你这只疯喜

134

鹊在做什么？"喜鹊抬起头，愤怒地盯着小蜜蜂。

红气球见状，赶紧打圆场说："你们都飞累了吧？快回来歇歇，有话好好说。"

这时，一位老爷爷来到小广场，对放风筝的孩子们说："孩子们，放风筝要去宽广辽阔的地方。你们看，这边有很多大树，那边还有电线杆，风筝很容易挂在这些东西上，会发生危险。"

老爷爷又指着喜鹊说："你们看那只喜鹊，前几天，一只风筝落在它的窝上，正好挡住出口，它跟喜鹊爸爸用了好长时间也没能将风筝挪走，窝里的小喜鹊就这样活活被饿死了，喜鹊爸爸也累死了。"

小蜜蜂和红气球这才明白缘由，对眼里含着泪水的喜鹊说："对不起，是我们错怪你了。"

安全启示

　　放风筝时要选择人少、宽广空旷的地方，远离高压线、大树、电线杆和公路，以免发生危险。如果风筝不小心挂在高处，千万不要自行攀爬去取，要找大人来帮忙。

一场足球比赛

皮皮拿着自己的新足球到楼下跟小伙伴们炫耀说："你们看，我这个足球上有奥特曼的图片，看上去多威风！"

阳阳不以为然地说："奥特曼的图片又能怎么样，足球在地上踢几下，图片就不见了，有什么用？难道你的足球只能看，不能踢？"

"谁说我的足球不能踢，我这就踢给你看！"皮皮不服气地说。

"你自己踢，当然会轻轻地踢，不算数！"阳阳说。

“那你说怎么踢？你说怎么踢算数就怎么踢！”皮皮说。

阳阳想了想，说：“不如我们踢一场足球比赛，看看你的足球耐不耐踢。”

“好，踢就踢，谁怕谁！”皮皮理直气壮地说。

他俩找来几个小伙伴，并很快分好了队，皮皮、冬冬、明明一组，阳阳、多多、奇奇一组，妍妍做裁判。

妍妍是个很可爱的女孩子，娇声细语地说：“这里离马路太近了。如果有车从我们身后开过来，我们来不及躲闪的话，会很危险的！”

皮皮说：“女孩子就是娇气！这里哪有汽车？这条路很偏僻，车很少，没事的！快来，我们开始比赛吧！”

于是，两组队员摆好球门，分好区域，开始比赛。很快，皮皮组踢进一个球，以一比零领先。皮皮得意地说：

"我的奥特曼足球真厉害！"

阳阳"哼"了一声，用力一踢，将足球踢飞。足球朝着马路飞去。这时，正巧有一辆吉普车开过来，足球"嘭"的一声，砸在了车门玻璃上。

小伙伴们顿时吓得站在那里，一句话也不敢说。

这时，从车上下来一个穿军装的叔叔，捡起足球走了过来，和蔼地说："小朋友们，踢足球不能离马路太近，要注意安全，知道了吗？"

小伙伴们赶紧点点头，接过足球，直到吉普车离开，他们才回过神来，七嘴八舌地说："那个叔叔好酷！长大以后我也要穿军装。"

妍妍说："叔叔说得对，我们还

是换个地方踢足球吧！"

阳阳却说："不换，看你们那副胆小的样子！咱们踢了半天，才开过来一辆车，怕什么！"

妍妍听了有些生气，于是转身回家了。

足球比赛继续进行，双方踢得非常激烈。冬冬拦住多多运球，用力一踢，足球朝着守球门的阳阳飞去。

阳阳得意地大喊一声："足球猛将来也！"他伸出双臂，想拦住足球。可是，足球斜斜地从阳阳的头顶飞了过去，他赶紧追过去——只听"嘭"的一声，阳阳撞在了从侧面驶来的汽车上，意外就这样发生了。

安全启示

　　踢足球或者做游戏时，一定要远离马路及人多的公众场所，也不要爬树、爬电线杆、爬假山、爬栏杆，不能心存侥幸，更不要逞能，以免发生意外事故。

燕子姐姐的剪刀

春天来了，天气越来越温暖，冬眠的小动物们都跑出来了，大家互相问好："你好啊，小刺猬！""你好啊，小青蛙！""你好啊，小熊！""你好啊，小白兔！"

小伙伴们开开心心地在草地上做游戏，你追我赶好热闹。突然，小白兔呆呆地站在那里，好像在思考着什么问题。大家问它："小白兔，你怎么了？"

小白兔说："我总觉得缺了些什么，可一时又想不起来。"

"缺什么？你是说草地上缺鲜花吗？"小熊闷声闷气

140

地问。

"对！"小兔子经小熊这么一提醒，高兴得直蹦。"对！就是缺少鲜花，还有咱们的老朋友蝴蝶和蜜蜂！"

"是啊，不知道蝴蝶和蜜蜂过得怎么样，它们要等花开了才能来呢！"小刺猬说。

小青蛙说："也许草地上有花，它们就飞来了呢！我们做些花，吸引它们快点来，怎么样？"

"这个主意不错！"大家一致赞同，随后集体去了小刺猬家。因为小刺猬家是裁缝铺，什么材料都有。

"我们来剪五颜六色的花朵吧！"小刺猬拿出彩色的手工纸，对大家说。"不过，我只有两把手工剪，我们轮流剪好不好？"

小熊说："刺猬妈妈不是有很多大剪刀吗？我们可以拿来用用！"

小青蛙说："不行，不行，大剪刀很危险，我们不能随

141

便用！”大家看着小熊，都点头同意小青蛙的话。

小熊不以为然，自己悄悄拿来一把刺猬妈妈的大剪刀，背着大家剪起纸来。大剪刀真锋利，剪起纸来毫不费力！听着剪纸的"咔嚓咔嚓"声，小熊很得意。

"哎哟！"小熊没得意多久，一不小心，手被剪出了一个口子，鲜血直流。

小刺猬赶紧拿来一个创可贴，帮小熊贴上。小熊皱着眉头，看着窗外，忽然灵机一动，说："我们找燕子姐姐借剪刀吧。"

"燕子姐姐，燕子姐姐，把你的剪刀借给我们用一下吧。"小熊朝着燕子喊道。

"我没有剪刀呀。"燕子姐姐疑惑地说道。

"你的尾巴不就是剪刀嘛！"小熊说。

"哦？"燕子姐姐

大笑起来。"是这样啊!你们要剪花朵是不是?我来帮你们吧!"燕子说完后,便跳起优美的舞蹈,在春风中从南飞到北,从东飞到西,渐渐地,草长高了,树叶全绿了,花绽放了。

"燕子姐姐,你太厉害了!"大家开心地大喊起来。

"不是我厉害,是春风阿姨厉害!"燕子姐姐开心地说。

这时,蜜蜂和蝴蝶都飞来了,向大家打招呼说:"朋友们好啊,好久不见,我们来啦!"

143

原来梦是假的

小熊的爸爸妈妈去外地出差。小熊趁机把小伙伴们带回家狂欢，不但吃光了家里所有的零食，还将屋里弄得乱七八糟，连熊妈妈最喜欢的红花瓶也被碰到地上，摔碎了。

小伙伴们走了以后，小熊独自打扫家里的卫生，不小心被花瓶的碎片割伤了，疼得它龇牙咧嘴，脚底直冒冷气。

晚上，小熊躺在床上，越想越担心："那可是妈妈最心爱的花瓶呢，是爸爸在它们一周年结婚纪念日买回来送给妈妈的，这可怎么办？妈妈一气之下，肯定不许我再往家里带小伙伴了，也许连滑板也不给我买了。"

144

小熊越想越后悔，在床上翻来覆去，不知道什么时候睡着了。在梦里，小熊来到一个大商场的旋转门前，它走进旋转门，转啊，转啊，竟然又回到爸爸妈妈出差前的那一刻，它们正在跟小熊道别："宝贝，在家要乖乖的，不要乱跑！"

接着是小熊撒欢跑出去，喊小伙伴们都来家里玩的场景。小马、小兔子、小狐狸、小鹿、小猴……来了好多小动物。小熊把家里的零食和饮料全都拿出来招待小伙伴。

咦？停一下！就是这时候，淘气的小猴上窜下跳，不小心将熊妈妈放在桌子上的花瓶碰到地上摔碎了。"我得先把花瓶藏起来！"小熊想。于是，它小心翼翼地用熊妈妈

的围裙包好花瓶，放在餐柜里。

接下来，大家尽情地狂欢，吃光了所有的零食，喝光了所有的饮料，小马还为大家表演新学的太极拳，小狐狸为大家唱了一首新学的歌曲，小熊跟着大家一起唱啊、跳啊，开心极了！

最后，小伙伴们都回去了，只剩下小熊孤零零地打扫满屋的狼藉。

"铃铃铃……"一阵闹铃声将小熊惊醒，它揉揉眼睛，不知道自己在梦里还是在现实。它跳下床，看到桌子上没有红花瓶，餐柜里也没有，这才知道原来刚刚做了一场梦。

"说不准旋转大门真的能帮我回到过去，这样我就能像梦里一样，把妈妈的红花瓶好好收起来！"想到这里，小熊换好衣服，朝大商场跑去。

"对，就是这个旋转门！"小熊站在大商场门前，激动得心砰砰狂跳，迫不及待地冲进了旋转门。

小熊在旋转门里转了一圈，出来时并没有回到过去。它不甘心，又冲进去转啊转啊，可还是没有回到过去。后来，小熊转得晕头转向，不小心撞在旋转门上，把头撞了个大包！

安全启示

不能把旋转门当成玩具在里面转个不停，这样很容易被门撞到，发生意外。经过旋转门时要多加小心，快进快出，也不要把手伸到门缝或放在门边，以免被门夹伤。

pín guǒ duī lǐ yǒu wǔ zhī qì qiú nǐ néngzhǎo dào ma
苹果堆里有五只气球，你能找到吗？

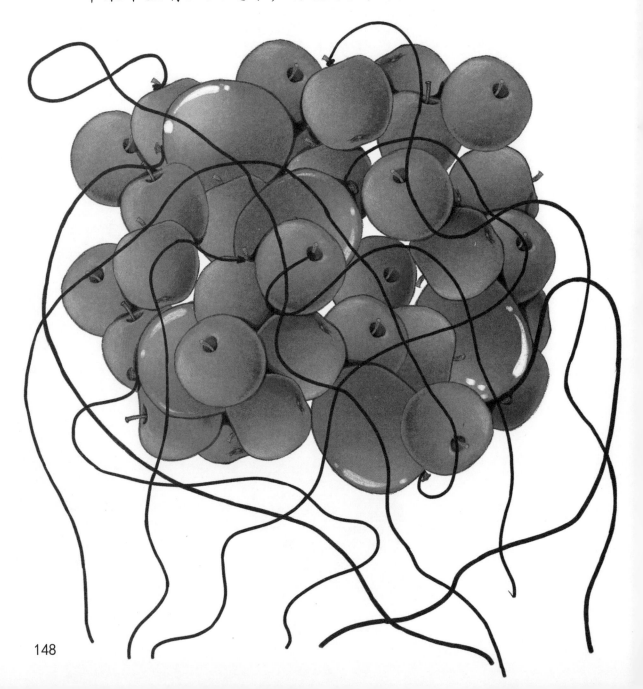

cóng shù zì kāi shǐ   àn zhào shùn xù lián jiē shù zì   bāng xiǎo xióng gěi mā ma huà yí gè
从数字1开始，按照顺序连接数字，帮小熊给妈妈画一个

xīn huā píng   bìng tú shàng měi lì de yán sè
新花瓶，并涂上美丽的颜色。

149

寻路地铁站

小星、小宇、岩岩都是魔法迷，整天幻想着成为无所不能的魔法师。有一天，小宇说："外国电影中开往魔法学校的列车就在火车站台上，中国的魔法列车会不会也在火车站台上？"

"肯定会！"小星说。于是，三个小伙伴兴高采烈地跑到火车站，可是，他们没有火车票，连候车室都进不去，更别说站台了。他们没精打采地往回走，上公交车刷卡的时候，岩岩灵机一动，说："火车站进不去，但咱们有公交

卡，可以去地铁站的站台上找找看。"

小星有些怀疑地问："地铁站和火车站一样吗？在地铁站能坐上魔法列车？"

岩岩说："我们去找找看，没准能找到魔法站台的入口呢！"

于是，三个小伙伴又高高兴兴地来到地铁站。刚到地铁口乘坐扶梯的时候，他们还能记得老师教的乘车安全常识：主动遵守规则，靠右侧站立，把好扶手，不跑也不闹。

可是，过了安检到达站台以后，他们就把安全常识丢到了九霄云外，一会儿小星喊："你们快过来，我觉得这里有

151

些古怪，我们敲敲看有没有魔法站台的入口！"一会儿小宇又喊："地铁站台的墙壁太少了！两面地铁线对着开，这要怎么找呢？"

这时，地铁站的安全员在监控中注意到了他们的反常行为，赶紧派人过来问："小同学，你们在做什么？是跟家长一起来的吗？"

岩岩抢着回答说："我们没有跟家长一起，我们在找……"还没等他说完，小宇赶紧向他使了一个眼色，岩岩立刻闭嘴，不再说了。小星说："叔叔，其实我们是跟家长一起来的，他们去洗手间了，我们在这里等他们。"

安全员嘱咐他们说："那你们不要在地铁站里乱跑，否则会很危险。等地铁的时候要注意站在地面安全线的后面，

152

等地铁停稳后先下后上。”

"我们在课堂上学过乘车安全常识，谢谢叔叔！"小宇乖巧地说。

安全员又说："好吧，那你们在这里安静地等地铁吧，再见！"

"叔叔再见！"三个小伙伴齐声说。

安全员叔叔走后，他们不敢再随意这儿敲敲，那儿看看了，但还是慢腾腾地挪着步子，把地铁站内能够到的墙壁，全都敲打了一遍。结果呢，不用说大家也能猜到，他们当然没找到乘坐魔法列车的通道，最后只好乖乖地坐着地铁回家了。

安全启示

　　小朋友要在大人监护的情况下乘坐地铁。乘坐地铁时，不要在地铁站里乱走乱跑，候车时要站在安全线内，不要互相推挤。地铁到站后要先下后上，有序上下车。切记不要在车门即将关闭时上下车，以免被车门夹伤。

蒙面大侠

木木每天从幼儿园回来后，都要在楼下的儿童游乐区玩一会儿。他经常看到一位老爷爷，穿着很旧的衣服，一步一步艰难地推着自行车走附近的上坡路，车后架上是堆得像小山一样的废纸壳。

木木好奇地问奶奶："那位老爷爷为什么有那么多的废纸壳？"

奶奶告诉他说："老爷爷没儿没女，每天捡些废纸壳卖给坡上的那家废品收购站，换些钱来生活。"木木望着老爷爷的背影，心想："怎样才能帮帮老爷爷呢？"

"要不，我帮老爷爷推推车吧？"木木暗自想。

"老师说，做好事不留姓名。我也不能让老爷爷知道我是谁，我要做蒙面大侠！"于是，木木找来一个塑料袋，看到老爷爷推车上坡的时候，他就把塑料袋往头上一套，跑到自行车后面推起来。

154

guò le hǎo yí zhèn er　　lǎo yé ye cái fā xiàn yǒu rén bāng zì jǐ tuī chē　　huí tóu yí

过了好一阵儿，老爷爷才发现有人帮自己推车，回头一

kàn jìng rán shì gè méng zhe miàn de xiǎo péng yǒu　　shuō dào　　xiè xie nǐ　　xiǎo péng yǒu

看竟然是个蒙着面的小朋友，说道："谢谢你，小朋友，

nǐ shì shuí ya

你是谁呀？"

mù mu huí dá shuō　　wǒ shì méng miàn dà xiá　　gāng shuō wán　　yí zhèn fēng chuī

木木回答说："我是蒙面大侠。"刚说完，一阵风吹

lái　　sù liào dài tū rán jǐn jǐn tiē zhù mù mu de bí zi hé zuǐ ba　　tā gǎn jué hū xī biàn

来，塑料袋突然紧紧贴住木木的鼻子和嘴巴，他感觉呼吸变

de hěn kùn nan

得很困难。

lǎo yé ye jiàn qíng kuàng bú duì　　gǎn jǐn fàng xià zì xíng chē　　jiāng mù mu tóu shàng de

老爷爷见情况不对，赶紧放下自行车，将木木头上的

sù liào dài yì bǎ chě xià qù　　biē de mǎn liǎn tōng hóng de mù mu hǎo bàn tiān cái huǎn guò

塑料袋一把扯下去——憋得满脸通红的木木好半天才缓过

lái

来。

安全启示

　　千万不要往头上乱扣塑料袋等不透气的物品，也不能将大塑料袋当作雨衣套在身上，这样会造成缺氧窒息，严重时会导致死亡。

可怕的惊喜

狐狸宝宝是家里最小的孩子，爸爸、妈妈、哥哥、姐姐都很喜欢它。

夏天到了，天气渐渐炎热起来。狐狸爸爸和狐狸妈妈决定午饭后去超市给孩子们买些雪糕，保存在冰箱里随时吃。

狐狸妈妈安排孩子们午睡后，便去衣帽间换衣服，准备和狐狸爸爸出门。狐狸宝宝缠着姐姐说："好姐姐，我也想跟爸爸妈妈一起去，你帮帮我，让我偷着溜到车上，给它们一个惊喜！"

狐狸姐姐捏捏它的小脸，说："好吧！"于是，狐狸姐姐假装想起作业没有签字，喊狐狸爸爸和狐狸妈妈给它签

字。于是，狐狸宝宝趁机溜到车里，藏在后排座下面。

狐狸夫妇将车开到超市停车场，然后去超市里采购。狐狸宝宝兴高采烈地从后座下面钻出来，说道："哈哈！一会儿爸爸妈妈回来，我冷不丁跳出来，保准吓它们一大跳！"

可是，正午的阳光晒着停车场，使车内的温度越来越高，狐狸宝宝感觉越来越热，呼吸越来越困难。它吓得用力拍打车窗，声音沙哑地喊道："谁来救救我，快放我出去！"

幸好河马大叔逛完超市来开自己的汽车，它发现奄奄一息的狐狸宝宝，赶紧用自己车里的救生锤敲开车窗，将它救了出来，否则后果真是难以想象。

安 全 启 示

在炎热的天气里，当密闭的汽车在烈日下长时间停放时，车内热量无法散发，会使车内温度上升很快，而此时留在车内的人很容易发生脱水、中暑、休克等状况，甚至死亡。

电梯历险记

一个周三的下午，学校放学早，住在同一个楼里的小伙伴们一起等电梯回家。东东看着两部升降电梯说："你们说，这两部电梯的速度是不是一样的？"

鹏鹏说："如果电梯品牌一样，速度肯定也一样。"

路路摇着头说："我觉得不可能完全一样，你们要知道，世界上没有完全相同的两片树叶！"

"试一试不就知道了嘛！"斌斌说，"我和东东一组，鹏鹏和路路一组。等电梯都到达一楼的时候，我们同时进去，按下秒表计时，再一同上到最顶层，不就知道正确答案了嘛！”

东东问：“如果中途有人上电梯怎么办？时间不就不一样了吗？”

“你真笨！如果有人上电梯，我们再回到一楼重新开始啊！”路路说。

于是，他们分别乘坐两部电梯下到了一楼，然后同时分组进入电梯，开始计时。令他们恼火的是，连着三次中途都有人乘电梯。

当他们再一次站在一楼的时候，东东有些泄气地说：“太累了，根本不会出现没人中途乘电梯的情况！”

鹏鹏突然灵光一闪，说：“我们真

159

是太笨了！不用分组上同一部电梯，我们可以先记录一部电梯后，再记录另一部电梯！"

于是，四个小伙伴上了同一部电梯，由东东和鹏鹏计时。

当电梯上到十楼的时候，忽然"咣"的一声停住了，里面的灯也灭了。

"啊——救命呀——"路路的尖叫声，吓了其他小伙伴一跳。

鹏鹏说："别叫，我们得赶紧打求助电话！"

可是，他们的手表电话都没有信号，电梯的求助键和求救电话都没有反应。鹏鹏只好带领大家使劲地拍打电梯门，并大声呼救。

过了一会儿，突然来电了，电梯终于启动了，先上到二十楼，突然又"咣"的一声停住不动了。还没等东东他们回过神来，电梯又突然往下坠。

鹏鹏反应极快，一边迅速按下每一个楼层的数字键，一边大喊："抓紧电梯扶手！将背部和头部尽量贴着电梯！曲腿！"

斌斌吓得大哭起来。鹏鹏冷静地说："别哭，照着我说的做！曲腿站着！"这时，电梯到十楼后，又停住不动了。

过了几秒钟，电梯终于恢复正常，缓缓下降，稳稳地停在了一楼。当电梯门打开的时候，四个小伙伴跟跟跄跄地走出电梯，他们以后再也不想记录电梯速度了

安全启示

　　不能将电梯当成玩具反复上上下下，也不要在电梯内又蹦又跳。如果乘坐电梯时，电梯发生意外故障，要向鹏鹏学习，不要惊慌，冷静应对。

鼠兄弟放鞭炮

没有什么比过年更能让鼠家九兄弟高兴的事情了，因为过年意味着可以痛痛快快地放鞭炮，它们积攒了一年的零花钱就是为了买鞭炮。

鼠老大带着兄弟们，一路上哼着"买买买，买鞭炮，一响二响三四响，红花绿花漫天花"的歌曲，雄赳赳气昂昂地去了鞭炮专售处。

"哥哥们，今年的鞭炮和烟花的种类好多啊！"鼠老九奶声奶气地说。

"你还小，带响的最多能玩玩小摔炮，多选点可以拿在手里放的长棍小喷花吧！"鼠老大摸摸弟弟的头，宠溺地说。

"好嘞！"鼠九弟一向

162

hěn tīng huà
很听话。

shǔ xiōng dì men huān tiān xǐ dì de xuǎn le xǔ duō biān pào hé yān huā yǒu huáng jīn
鼠兄弟们欢天喜地地选了许多鞭炮和烟花，有“黄金
shǎn shǎn wǔ cǎi bīn fēn xìng fú píng ān zhèn tiān léi cǎi sè liàng
闪闪”“五彩缤纷”“幸福平安”“震天雷”“彩色亮
zhū lǐ huā dàn jiǔ gè xiōng dì měi rén káng zhe yí gè dài zi huí jiā le
珠”“礼花弹”，九个兄弟每人扛着一个袋子回家了。

chú xī nà tiān tiān gāng cā hēi shǔ lǎo èr jiù chén bú zhù qì le shuō dào
除夕那天，天刚擦黑，鼠老二就沉不住气了，说道：
zǒu a wǒ men chū qù fàng biān pào ba
“走啊，我们出去放鞭炮吧！”

shǔ lǎo dà shuō jí shén me děng tiān chè dǐ hēi xià lái shí fàng cái hǎo
鼠老大说：“急什么，等天彻底黑下来时放才好
kàn
看！”

shǔ lǎo sān shuō shí èr shēng xiào zhōng wǒ men lǎo shǔ pái dì yī
鼠老三说：“十二生肖中我们老鼠排第一，
dāng rán yào zǎo diǎn chū qù fàng biān pào le
当然要早点出去放鞭炮了！”

shǔ lǎo dà xiào le shuō jiù shǔ nǐ zuì huì qiǎng
鼠老大笑了，说：“就数你最会强

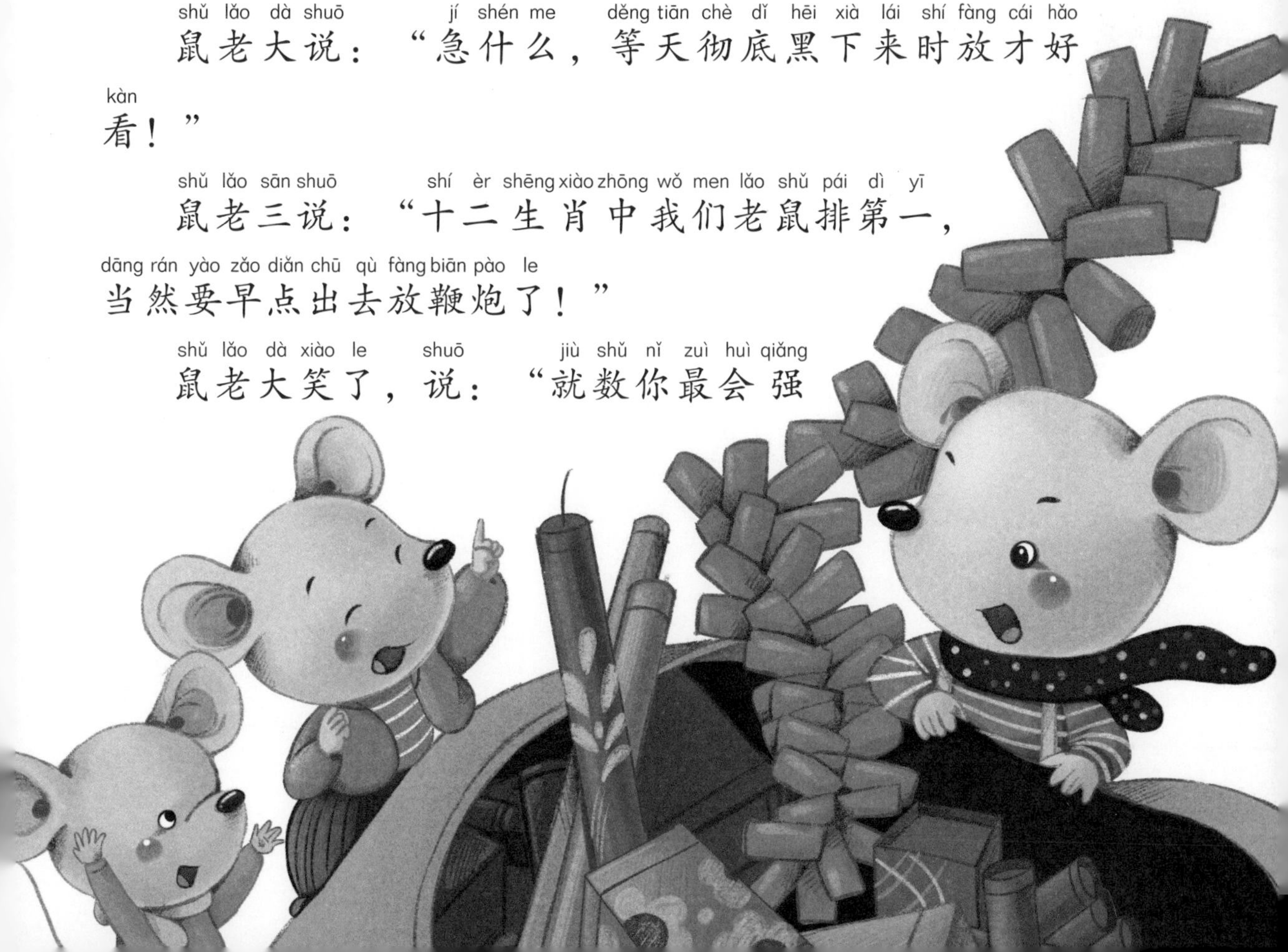

词夺理！你们先去吧，我包完饺子出去找你们！"

接着，它又不放心地嘱咐说："你们去广场空旷的地方放，别在家附近放，左邻右舍有很多柴堆，不安全！"

鼠老二兴高采烈地带着弟弟们出去了。

鼠老九最听话，出门就向广场走。鼠老二喊住它说："站住，不去广场！我们买了这么多鞭炮和烟花，得让别的小动物羡慕羡慕。"

"好嘞！"鼠九弟一向很听话。

这时，小熊、小老虎、小狐狸都跑出来了，嘲笑鼠兄弟们说："看你们那小小的个子，买的鞭炮也不会有多响！"

鼠老二不服气地说："你们倒是个子大，买的鞭炮也不见得比我们的响，有能耐咱们比试比试！"

说比就比!顿时,一场鞭炮烟花大战开始了。小熊、小老虎、小狐狸一队,鼠家兄弟一队,两队互相投掷鞭炮,拿着烟花朝对方燃放。

只有鼠老九在一旁急得大喊大叫:"你们不要在家附近放鞭炮!哎呀!那种烟花不能用手拿着放!小老虎,你家的柴堆着火了!二哥,你的脸被崩得流血了!小熊,你的眼睛崩到了吧?四哥,你的衣服着了!"

等鼠老大跑出来的时候,发现外面硝烟弥漫,火光冲天,消防车来了,警车来了,救护车也来了……

安全启示

燃放烟花鞭炮时,要在大人的监护下进行,且要选择宽敞、安全的场地燃放,更不能将烟花的喷射口对着人或窗口、门口等出入口。燃放烟花后,要确认火苗完全熄灭才可以离开,否则很容易引发火灾。

165

xià tú zhōng de zuò fǎ dōu shì cuò de   nǐ zhī dào fēn bié cuò zài nǎ lǐ ma

下图中的做法都是错的，你知道分别错在哪里吗？

bǎ xià tú zhōng de yì rán wù pǐn yòng bǐ quān qǐ lái
把下图中的易燃物品用笔圈起来。

编写人员

姜小妹　李素峰　袁晓彦

金色童书坊

JIN SE TONG SHU FANG

安全故事

图书在版编目（CIP）数据

安全故事 / 姜小妹主编；豆豆鱼工作室绘 . —北京：机械工业出版社，
2019.1
（金色童书坊）
ISBN 978-7-111-61629-0

Ⅰ . ①安… Ⅱ . ①姜… ②豆… Ⅲ . ①儿童故事—作品集—世界
Ⅳ . ① I18

中国版本图书馆 CIP 数据核字 (2018) 第 286825 号

机械工业出版社（北京市百万庄大街 22 号 邮政编码 100037）
策划编辑：邵鹤丽 郎 峰　　封面设计：豆豆鱼工作室
责任编辑：邵鹤丽 郎 峰　　责任校对：杨 凡
责任印制：刘毅
深圳市鹰达印刷包装有限公司印刷

2019 年 4 月第 1 版第 1 次印刷　　190mm×215mm・7 印张・175 千字
标准书号：ISBN 978-7-111-61629-0　　定价：29.80 元

凡购本书，如有缺页、倒页、脱页，由本社发行部调换

电话服务　　　　　　　　　　　**网络服务**
服务咨询热线：010-88361066　　机工官网：www.cmpbook.com
读者购书热线：010-68326294　　机工官博：weibo.com/cmp1952
　　　　　　　　　　　　　　　　金书网：www.golden-book.com
　　　　　　　　　　　　　　　　教育服务网：www.cmpedu.com

封面无防伪标均为盗版